TRANZLATY

Language is for everyone

Jazyk je pro každého

The Call of Cthulhu

Volání Cthulhua

H.P. Lovecraft

English
Čeština

www.tranzlaty.com

The Horror Made of Clay
Hrůza z hlíny

There is one thing I find particularly merciful.
Je jedna věc, kterou považuji za obzvláště milosrdnou.
The inability of the human mind to correlate events.
Neschopnost lidské mysli propojit události.
It's a blessing that we can't understand the world.
Je to štěstí, že nedokážeme porozumět světu.
We live blissfully on a placid island of ignorance.
Žijeme blaženě na klidném ostrově nevědomosti.
An island in the midst of black seas of infinity.
Ostrov uprostřed černých moří nekonečna.
And it was not meant that we should voyage far.
A nebylo záměrem, abychom se plavili daleko.
The sciences each strain in their own directions.
Každá z věd se ubírá svým vlastním směrem.
But hitherto science's findings have harmed us little.
Ale dosavadní vědecké poznatky nám jen málo uškodily.
But some day dissociated knowledge will be pieced together.
Ale jednoho dne se oddělené znalosti spojí dohromady.
Terrifying vistas of reality will open up to us.
Otevřou se nám děsivé obzory reality.
And we will be left in a frightful vantage point.
A my zůstaneme na děsivém výhodném místě.
We will either go mad from the revelation we are given.
Buď se zblázníme z odhalení, které nám bude dáno.
Or we will flee from the deadly light that we will see.
Nebo utečeme před smrtícím světlem, které uvidíme.
We will run from the knowledge we had always pursued.
Utečeme před poznáním, o které jsme vždy usilovali.
And we will seek the peace and safety of a new dark age.
A budeme usilovat o mír a bezpečí nového temného věku.
Theosophists have guessed at the scale of the cosmos.
Teosofové odhadovali rozsah vesmíru.
Our world is but a transient incident in this cycle.

Náš svět je v tomto cyklu jen pomíjivou událostí.

The human race plays but a little role in the universe.

Lidská rasa hraje ve vesmíru jen malou roli.

The theosophists have hinted at strange methods of survival.

Teosofové naznačili podivné metody přežití.

But their suggestions would freeze a rational man's blood.

Ale jejich návrhy by racionálnímu člověku zmrazily krev v žilách.

Only the optimism of their ideas hides the horror.

Pouze optimismus jejich myšlenek zakrývá hrůzu.

But it is not their ideas that chill me the most.

Ale nejvíc mě mrazí ne jejich myšlenky.

It is something else that fills me with terror.

Je to něco jiného, co mě naplňuje hrůzou.

The single glimpse of forbidden eons I have seen.

Jediný záblesk zakázaných věků, který jsem spatřil.

When I think of what I saw my blood stands still.

Když si vzpomenu na to, co jsem viděl, zastaví se mi krev v žilách.

Restlessness plagues my dreams since that glimpse.

Od toho záblesku mě sny sužuje neklid.

It came to me like all dreaded glimpses of truth.

Přišlo mi to jako všechny obávané záblesky pravdy.

An accidental piecing together of separated things.

Náhodné spojení oddělených věcí dohromady.

An old newspaper item and the notes of a dead professor.

Starý novinový úryvek a poznámky mrtvého profesora.

In a flash everything was pieced together before me.

V mžiku se mi všechno poskládalo dohromady.

I hope no one else will accomplish this terrible insight.

Doufám, že se nikomu jinému nepodaří dosáhnout tohoto hrozného poznatku.

Certainly, if I live, I shall never help anyone to know it.

Jistě, pokud budu žít, nikdy nikomu nepomůžu to poznat.

I shall never knowingly supply a link in so hideous a chain.

Nikdy vědomě nebudu součástí tak ohavného řetězu.

I think that the professor, too, intended to keep silent.

Myslím, že i profesor měl v úmyslu mlčet.

He didn't mean to share the secrets that he knew.

Nechtěl se dělit o tajemství, která znal.

And I'm sure he would have destroyed his notes.

A jsem si jistý, že by si poznámky zničil.

If he had not been seized by sudden and suspicious death.

Kdyby ho nepostihla náhlá a podezřelá smrt.

***

My knowledge of the thing began in the winter of 1926-27.

Moje znalosti o této věci začaly v zimě 1926-27.

My great-uncle was the professor George Gammell Angell.

Můj prastrýc byl profesor George Gammell Angell.

He was the Professor Emeritus of Semitic languages.

Byl emeritním profesorem semitských jazyků.

He lectured in Brown University, Providence, Rhode Island.

Přednášel na Brownově univerzitě v Providence na Rhode Islandu.

His death, at the age of ninety-two, triggered the event.

Jeho smrt ve věku devadesáti dvou let událost spustila.

He was widely known as an authority on ancient inscriptions.

Byl všeobecně známý jako odborník na starověké nápisy.

Heads of prominent museums came to him for his expertise.

Ředitelé významných muzeí se na něj obraceli s žádostí o jeho odborné znalosti.

So his death was noticed by many within academic circles.

Jeho smrti si tedy všimlo mnoho akademických kruhů.

Interest was intensified by the obscurity of his death.

Zájem umocnila neznámost jeho smrti.

It occurred as he was disembarking from the Newport boat.

Stalo se to, když vystupoval z lodi v Newportu.

Witnesses say a dark nautical-looking fellow had jostled him.

Svědci tvrdí, že do něj strčil tmavý muž námořnického vzhledu.

After being stricken, he fell suddenly, witnesses say.
Poté, co byl zasažen, náhle upadl, uvádějí svědci.
Physicians were unable to find any visible disorder.
Lékaři nebyli schopni najít žádnou viditelnou poruchu.
After some perplexed debate they reached their conclusion.
Po krátké zmatené debatě dospěli k závěru.
"It must have been a lesion of the heart," they agreed.
„Muselo to být poškození srdce,“ shodli se.
"After all, he was rather an elderly man," they added.
„Koneckonců to byl už docela starší muž,“ dodali.
"the brisk ascent of the steep hill caused his end."
„Svižný výstup na strmý kopec způsobil jeho konec.“
At the time I saw no reason to dissent from this dictum.
V té době jsem neviděl žádný důvod, proč s tímto výrokem nesouhlasit.
But latterly I am inclined to wonder about their conclusion.
Ale v poslední době mám sklon pochybovat o jejich závěru.
And I do more than just wonder if they were right.
A já se víc než jen zamýšlím nad tím, jestli měli pravdu.

***

My grand-uncle died alone as a childless widower.
Můj prastrýc zemřel sám jako bezdětný vdovec.
And so I became heir and executor to his possessions.
A tak jsem se stal dědicem a vykonavatelem jeho majetku.
So I was expected to go over his papers and writings.
Takže se ode mě očekávalo, že si projdu jeho dokumenty a spisy.
I moved his entire set of files and boxes to my Boston home.
Celou jeho sadu spisů a krabic jsem přestěhoval do svého domu v Bostonu.
Much of the materials I collected will later be published.
Velká část materiálů, které jsem shromáždil, bude později publikována.
Many academics in his field took great interest in his work.
Mnoho akademiků v jeho oboru se o jeho práci velmi zajímalo.

The American archeological society relied on him greatly.

Americká archeologická společnost se na něj velmi spoléhala.

But there was one box which I found exceedingly puzzling.

Ale byla tam jedna krabice, která mi přišla nesmírně matoucí.

I felt much averse from showing these files to other eyes.

Cítil jsem velký odpor k tomu, abych tyto soubory ukazoval někomu jinému.

The box had been locked, unlike the other boxes.

Krabice byla zamčená, na rozdíl od ostatních krabiček.

And initially I found no key that would open this box.

A zpočátku jsem nenašel žádný klíč, který by mohl tuto krabici otevřít.

But then the location of the key occurred to me.

Ale pak mě napadlo, kde se klíč nachází.

The professor always carried a keyring in his pocket.

Profesor nosil vždycky v kapse klíčenku.

It was indeed one of these keys that opened the box.

Byl to skutečně jeden z těchto klíčů, který otevřel skříňku.

But in the box was a still more closely locked barrier.

Ale v krabici byla ještě těsněji zamčená bariéra.

What could be the meaning of the queer bas-relief?

Co by mohl znamenat ten podivný basreliéf?

Various paper cuttings accompanied the bas-relief.

Basreliéf doprovázely různé papírové výstřižky.

What did the disjointed jottings and ramblings allude to?

Na co narážely ty nesouvislé poznámky a bláboly?

Had my uncle become credulous to superficial impostures?

Stal se můj strýc důvěřivým povrchním podvodům?

Perhaps in his later years his criticalness thought slowed.

Možná v pozdějších letech se jeho kritické myšlení zpomalilo.

Someone had disturbed this old man's peace of mind.

Někdo narušil duševní klid tohoto starého muže.

And so I resolved to locate the eccentric sculptor.

A tak jsem se rozhodl najít toho excentrického sochaře.

The man who set in motion my uncle's strange obsession.

Muž, který spustil podivnou posedlost mého strýce.

***

The bas-relief was roughly shaped like a rectangle.
Basreliéf měl zhruba tvar obdélníku.
The rectangular shape was less than an inch thick.
Obdélníkový tvar byl tlustý méně než palec.
And the bas-relief was about five by six inches in area.
A basreliéf měl plochu asi pět krát šest palců.
It was obvious that the bas-relief was of modern origin.
Bylo zřejmé, že basreliéf je moderního původu.
The designs, however, were far from modern in atmosphere.
Designy však měly daleko k moderní atmosféře.
The inscriptions suggested a far older civilization.
Nápisy naznačovaly mnohem starší civilizaci.
The vagaries of cubism and futurism were many and wild.
Rozmary kubismu a futurismu byly četné a divoké.
But normally such patterns fail to produce regularity.
Ale takové vzorce obvykle nedokážou vytvořit pravidelnost.
The cryptic regularity which lurks in prehistoric writing.
Tajemná pravidelnost, která se skrývá v prehistorickém
písmu.
This regularity was certainly present in the bas-relief.
Tato pravidelnost byla v basreliéfu jistě přítomna.
I was certain the inscriptions represented a writing system.
Byl jsem si jistý, že nápisy představují nějaký systém písma.
I had some familiarity with the papers of my uncle.
Znal jsem dokumenty svého strýce.
And I had looked through all of his collections and works.
A prohlédl jsem si všechny jeho sbírky a díla.
But I failed to find any writing that was similar.
Ale nepodařilo se mi najít žádný podobný text.
I could not geographically place this alphabet in any way.
Tuto abecedu jsem nedokázal geograficky nijak zařadit.
Nor could I guess from what time this writing came from.
Ani jsem nedokázal odhadnout, z jaké doby tento text
pochází.
Above these apparent hieroglyphics there was a figure.

Nad těmito zdánlivými hieroglyfy se nacházela postava.

The figure was evidently only of pictorial intent.

Postava měla evidentně pouze obrazový záměr.

The impressionism of the picture added to the mystery.

Impresionismus obrazu dodával na tajemství.

No clear idea of the creature's nature could be discerned.

Nebylo možné rozeznat jasnou představu o povaze tvora.

The creature seemed to be a monster, of some sort.

Ten tvor vypadal jako nějaká příšera.

Or the symbol represented a monster, of some sort.

Nebo symbol představoval nějakou příšeru.

Only a diseased mind could conceive of such a form.

Takovou podobu si může představit jen nemocná mysl.

My imagination yielded different pictures simultaneously.

Moje fantazie mi zároveň vykreslovala různé obrazy.

But my imagination may also be somewhat extravagant.

Ale moje představivost může být také poněkud extravagantní.

An octopus, a dragon, and also a human caricature.

Chobotnice, drak a také lidská karikatura.

I shall try not be unfaithful to the spirit of the thing.

Pokusím se nebýt nevěrný duchu věci.

A pulpy, tentacled head surmounted a scaly body.

Dužinatá, chapadly pokrytá hlava trůnila nad šupinatým tělem.

Rudimentary wings protruded from the grotesque shape.

Z groteskního tvaru vyčnívala primitivní křídla.

But the shape of the monster wasn't even the worst part.

Ale tvar monstra nebyl ani zdaleka to nejhorší.

The background of the picture was even more frightening.

Pozadí obrázku bylo ještě děsivější.

The scenery had a vague suggestion of another civilization.

Krajina neurčitě připomínala jinou civilizaci.

Cyclopean architecture from a forgotten part of the world.

Kyklopská architektura ze zapomenuté části světa.

***

Only some notes and press cuttings accompanied the oddity.

Tuto zvláštnost doprovázely jen nějaké poznámky a výstřižky z tisku.

The press cuttings seemed to be only vaguely related.

Výstřižky z tisku spolu zdánlivě souvisely jen matně.

The hand written notes were all from my uncle.

Ručně psané poznámky byly všechny od mého strýce.

But his notes made no pretense to any literary style.

Jeho poznámky si však nedělaly nároky na žádný literární styl.

There was no ordering mechanism to any of the papers.

U žádného z dokumentů neexistoval žádný mechanismus pro objednávání.

Although there seemed to be a master document to the notes.

Ačkoli se zdálo, že k poznámkám existuje hlavní dokument.

This document was ascribed to the cult of Cthulhu

Tento dokument byl připisován kultu Cthulhua

The word's letters had been painstakingly written out.

Písmena slova byla pečlivě vypsána.

There should be no erroneous reading of the unheard of word.

Nemělo by docházet k chybnému výkladu neslýchaného slova
.

This Cthulhu manuscript was divided into two sections;

Tento rukopis Cthulhu byl rozdělen do dvou částí;

The first manuscript was titled the following:

První rukopis měl tento název:

"1925 - Dream and Dream Work of H. A. Wilcox"

„1925 - Sen a snová práce H. A. Wilcoxe"

"7 Thomas St., Providence, Road Island"

„7 Thomas St., Providence, Road Island"

And the second manuscript was titled the following:

A druhý rukopis měl tento název:

"Narrative of Inspector John R. Legrasse"

„Vyprávění inspektora Johna R. Legrasseho "

"121 Bienville St., New Orleans, 1908 Meetings."

„121 Bienville St., New Orleans, setkání v roce 1908.“

"Notes on Same, & Prof. Webb's account of events"

„Poznámky k témuž a popis událostí profesora Webba“

The other manuscript papers were all brief notes.

Ostatní rukopisné papíry byly jen stručné poznámky.

Some manuscripts described the queer dreams of different persons.

Některé rukopisy popisovaly podivné sny různých osob.

Some manuscripts cited from theosophical books and magazines.

Některé rukopisy citované z teosofických knih a časopisů.

Notably, most of these citations were from W. Scott-Eliott.

Je pozoruhodné, že většina těchto citací pocházela od W. Scotta-Eliotta.

Mainly the notes referenced Atlantis and the Lost Lemuria.

Poznámky se zmiňovaly hlavně o Atlantidě a Ztracené Lemurii.

The other notes commented on long-surviving secret societies.

Ostatní poznámky komentovaly dlouho přežívající tajné společnosti.

Hidden cults that may or may not still exist somewhere.

Skryté kulty, které někde mohou, ale nemusí stále existovat.

Two books seemed to provide most of the information;

Zdálo se, že většinu informací poskytovaly dvě knihy;

Miss Murray's Witch-Cult in Western Europe.

Kult čarodějnic slečny Murrayové v západní Evropě.

This book thoroughly detailed Mythological sources.

Tato kniha důkladně popisuje mytologické zdroje.

And Frazer's Golden Bough provided anthropological sources.

A Frazerova Zlatá ratolest poskytla antropologické zdroje.

***

The cuttings largely alluded to outré mental illnesses.

Výstřižky se z velké části zmiňovaly o zákeřných duševních chorobách.

Outbreaks of group folly and mania in the spring of 1925.

Výbuchy skupinového pošetilosti a mánie na jaře roku 1925.

The first half of the manuscript told a very peculiar tale.

První polovina rukopisu vyprávěla velmi zvláštní příběh.

1925, the 1st of March, a thin dark young man came to my uncle.

Prvního března roku 1925 přišel k mému strýci hubený tmavovlasý mladík.

The manuscript describes his neurotic and excited aspect.

Rukopis popisuje jeho neurotický a vzrušený aspekt.

And he bore with him the strange bas-relief.

A nesl s sebou ten podivný basreliéf.

At that time the bas-relief was exceedingly damp and fresh.

V té době byl basreliéf mimořádně vlhký a čerstvý.

His card bore the name of Henry Anthony Wilcox.

Na jeho vizitce bylo jméno Henry Anthony Wilcox.

And my uncle had slightly recognized who he was.

A můj strýc ho už trochu poznal.

He was the youngest son of an excellent family.

Byl nejmladším synem z vynikající rodiny.

Latterly he had been studying sculpture at Rhode Island.

V poslední době studoval sochařství na Rhode Islandu.

He lived alone at the Fleur-de-Lys Building.

Žil sám v budově Fleur-de-Lys.

His residences were near the university.

Jeho rezidence se nacházely poblíž univerzity.

Wilcox was a precocious youth of known genius.

Wilcox byl předčasně vyspělý mladík, známý jako geniální.

But he was also known for his great eccentricity.

Byl ale také známý svou velkou výstředností.

From childhood he had excited the attention of others.

Od dětství vzbuzoval pozornost ostatních.

He told of strange stories no one had told him about.

Vyprávěl podivné příběhy, o kterých mu nikdo neřekl.

And he was in the habit of relating strange dreams.

A měl ve zvyku vyprávět podivné sny.

He described himself as "psychically hypersensitive".

Popsal se jako „psychicky přecitlivělý".

But those around him had other descriptions for him.

Ale jeho okolí pro něj mělo jiné popisy.

They were staid folk of the ancient commercial city.

Byli to usedlí lidé starobylého obchodního města.

And they dismissed him as merely strange and "queer".

A oni ho zavrhli jako pouhého podivína a „podivíka".

And so he never mingled much with his kind.

A tak se nikdy moc nemísil se svými druhy.

And he had dropped gradually from social visibility.

A postupně se ztrácel ze společenské viditelnosti.

Now he is known only to a small group of esthetes.

Nyní je známý jen malé skupině estetů.

And those who knew him came mostly from other towns.

A ti, kdo ho znali, pocházeli většinou z jiných měst.

Even the Providence art club had found him quite hopeless.

Dokonce i umělecký klub v Providence ho shledal zcela beznadějným.

Of course they were anxious to preserve their conservatism.

Samozřejmě se snažili zachovat si konzervatismus.

***

The professor's manuscript continued to describe the visit.

Profesorův rukopis dále popisoval návštěvu.

The sculptor abruptly asked for his host's archeological knowledge.

Sochař se svého hostitele náhle zeptal na jeho archeologické znalosti.

He wanted him to identify the hieroglyphics on the bas-relief.

Chtěl, aby identifikoval hieroglyfy na basreliéfu.

He spoke in a dreamy and rather stilted manner.

Mluvil zasněně a poněkud strnule.

His speech suggested pose and alienated sympathy.

Jeho projev naznačoval pózu a odcizený soucit.

And my uncle showed some sharpness in his reply.

A můj strýc ve své odpovědi projevil určitou ostrost.

Because the bas-relief was still conspicuously freshness.

Protože basreliéf byl stále nápadně svěží.

So there was no need for any kinship with archeology.

Takže nebylo třeba žádné spřízněnosti s archeologií.

Young Wilcox's rejoinder was of a fantastically poetic cast.

Mladá Wilcoxova odpověď měla fantasticky poetický nádech.

My uncle must have been impressed with the reply.

Na mého strýce musela odpověď udělat dojem.

And he recorded the reply of Wilcox verbatim.

A doslovně zaznamenal Wilcoxovu odpověď.

"The bas-relief is indeed still conspicuously fresh."

„Basreliéf je skutečně stále nápadně čerstvý.“

"Because I made this bas-relief last night, after a dream."

„Protože jsem tenhle basreliéf udělal včera v noci, po snu.“

"A dream of strange cities and stranger people."

"Sen o cizích městech a cizích lidech."

"And dreams are older than brooding Tyros."

„A sny jsou starší než zamyšlený Tyros.“

"Dreams are older than the contemplative Sphinx."

„Sny jsou starší než kontemplativní Sfinga.“

"And dreams are older than the garden-girdled Babylon."

„A sny jsou starší než Babylon opásaný zahradami.“

This type of speech turned out to be characteristic of him.

Tento typ řeči se ukázal být pro něj charakteristický.

It was then that he began that rambling tale.

Tehdy začal vyprávět ten rozvláčný příběh.

The tale which suddenly played upon a sleeping memory.

Příběh, který náhle oživil spící vzpomínku.

The tale that won the fevered interest of my uncle.

Příběh, který si získal horečný zájem mého strýce.

***

There had been a slight earthquake tremor the night before.

Noc předtím došlo k mírnému zemětřesení.
The most considerable tremor New England had felt for some years.
Nejvýraznější otřes, jaký Nová Anglie zažila za několik let.
Wilcox's imagination had been keenly affected by the earthquake.
Wilcoxova představivost byla zemětřesením silně ovlivněna.
He had had an unprecedented dream of great Cyclopean cities.
Měl nebývalý sen o velkých kyklopských městech.
He dreamed of Titan blocks and sky-flung monoliths.
Snil o titánských blokech a monolitech vržených do nebes.
All the architecture was dripping with green ooze.
Veškerá architektura byla prosáklá zeleným slizem.
And his dreams were sinister with latent horror.
A jeho sny byly zlověstné a prodchnuté skrytou hrůzou.
Hieroglyphics had covered the walls and pillars.
Hieroglyfy pokrývaly zdi a sloupy.
From somewhere underneath there came a sound.
Odněkud zespodu se ozval zvuk.
The sound was of a voice, but it was not a voice.
Zvuk byl z hlasu, ale nebyl to hlas.
A chaotic sensation which only fancy could transmute into sound.
Chaotický pocit, který jen fantazie dokázala proměnit ve zvuk.
He attempted to say the almost unpronounceable word.
Pokusil se vyslovit to téměř nevyslovitelné slovo.
A jumble of unlikely letters; "Cthulhu fhtagn".
Změť nepravděpodobných písmen; „Cthulhu fhtagn “.
This verbal jumble was the key to my uncle's recollection.
Tato slovní změť byla klíčem k strýcově vzpomínce.
This strange sound excited and disturbed Professor Angell.
Tento podivný zvuk profesora Angella vzrušil a znepokojil.
He questioned the sculptor with scientific minuteness.
S vědeckou přesností se sochaře ptal.
He studied the bas-relief with almost frantic intensity.
Prohlížel si basreliéf s téměř frenetickou intenzitou.

My uncle blamed his old age, Wilcox afterward said.
Můj strýc to sváděl na své stáří, řekl později Wilcox.
In his younger days he would have recognized the hieroglyphics.
V mládí by hieroglyfy rozpoznal.
The pictorial design wouldn't have puzzled his sharper mind.
Obrazový návrh by jeho bystřejší mysl nezmátl.
Many of his questions seemed highly out of place to his visitor.
Mnoho jeho otázek se návštěvníkovi zdálo velmi nepatřičných.
He tried to connect him to strange mythological cults.
Snažil se ho spojit s podivnými mytologickými kulty.
He tried to get him to admit affiliation to secret societies.
Snažil se ho přimět, aby se přiznal k příslušnosti k tajným společnostem.
My uncle even promised to keep his visitor's secret.
Můj strýc dokonce slíbil, že zachová tajemství svého návštěvníka.
"Are you not part of a widespread mystical group?"
„Nejsi součástí nějaké rozsáhlé mystické skupiny?“
"Are you not a member of a paganly religious body?"
„Nejsi snad členem pohanského náboženského společenství?“
Eventually he became convinced the sculptor wasn't a member.
Nakonec se přesvědčil, že sochař nebyl členem.
He was indeed ignorant of any cult or system of cryptic lore.
Ve skutečnosti neznal žádný kult ani systém kryptických tradic.
He besieged his visitor with demands for future reports of dreams.
Obklíčil svého návštěvníka požadavky na budoucí zprávy o snech.
This strange request bore regular and interesting fruit.
Tato zvláštní žádost pravidelně přinášela zajímavé ovoce.

****

After the first interview the manuscript records daily calls.
Po prvním rozhovoru rukopis zaznamenává denní hovory.
He related startling fragments of nocturnal imagery.
Vyprávěl překvapivé útržky nočních obrazů.
There were always the same themes in his dreams.
V jeho snech se vždycky objevovala stejná témata.
A terrible Cyclopean vista of dark and dripping stone.
Hrozivý kyklopský výhled na tmavý a mokrý kámen.
**A subterranean voice or intelligence shouting
monotonously.**
Podzemní hlas nebo inteligence monotónně křičící.
Two sounds seemed to repeat themselves in his dreams.
Ve snech se mu zdálo, že se opakují dva zvuky.
But these sounds were as enigmatic as the other sounds.
Ale tyto zvuky byly stejně záhadné jako ty ostatní.
**The sounds can only be rendered by the letters "Cthulhu"
and "R'lyeh".**
Zvuky lze vyjádřit pouze písmeny „Cthulhu" a „ R'lyeh ".
**On March 23rd, the manuscript continued, Wilcox failed to
come.**
Rukopis dále uvádí, že 23. března Wilcox nepřišel.
My uncle made inquiries at the quarters of his whereabouts.
Můj strýc se vyptával v jeho ubytovně.
**That night he had been stricken with an obscure sort of
fever.**
Té noci ho zasáhla jakási nejasná horečka.
**And he was taken to the home of his family in Waterman
Street.**
A byl odvezen do domu své rodiny ve Waterman Street.
That night he had cried out in one of his dreams.
Tu noc v jednom ze svých snů vykřikl.
His cries aroused several other artists in the building.
Jeho výkřiky vzbudily několik dalších umělců v budově.
**And he was between alternations of unconsciousness and
delirium.**
Té noci ho zasáhla jakási nejasná horečka.

A střídal se s bezvědomím a deliriem.
My uncle at once telephoned the family of Wilcox.
Můj strýc okamžitě zavolal rodině Wilcoxových.
And from that time forward he kept close watch of the case.
A od té doby případ bedlivě sledoval.
He called often at the Thayer Street office of Dr. Tobey.
Často navštěvoval ordinaci Dr. Tobeyho na Thayer Street.
Dr. Tobey was in charge of the patient's condition.
Dr. Tobey měl na starosti stav pacienta.
The youth's febrile mind was dwelling on strange things.
Mladíkova horečnatá mysl se zabývala podivnými věcmi.
The doctor shuddered now and then as he spoke of the dreams.
Doktor se při vyprávění o snech občas otřásl.
The dreams repeated a lot of the earlier themes.
Sny opakovaly mnoho dřívějších témat.
But now his dreams made mention of something new.
Ale nyní se jeho sny zmiňovaly o něčem novém.
A gigantic thing "a miles high" which walked, or lumbered about.
Gigantická věc „vysoká míli", která chodila nebo se těžkopádně pohybovala kolem.
He at no time fully described this object in any detail.
Nikdy tento objekt podrobně nepopsal.
But Dr. Tobey relayed the frantic words of his patient.
Ale doktor Tobey předal zoufalá slova svého pacienta.
And the professor became increasingly certain of what it was.
A profesor si byl čím dál jistější, co to je.
The nameless monstrosity he had sought to depict in his sculpture.
Bezejmenná zrůda, kterou se snažil ztvárnit ve své soše.
The doctor had mentioned the bas-relief he had made.
Doktor se zmínil o basreliéfu, který vytvořil.
This mention preludes the young man's subsidence into lethargy.
Tato zmínka předchází mladíkově propadnutí do letargie.

His temperature, oddly enough, was not greatly above
normal.

Jeho teplota, kupodivu, nebyla o moc vyšší než normál.

But his general condition suggested he was in a fever.

Jeho celkový stav ale naznačoval, že má horečku.

A fever, as opposed to being in the grasp of a mental
disorder.

Horečka, na rozdíl od stavu, kdy je člověk postižen duševní
poruchou.

***

On April 2nd at about 3 p.m. the fever came to an end.

2. dubna kolem 15:00 horečka skončila.

Every trace of Wilcox's malady suddenly ceased.

Veškerá stopa Wilcoxovy nemoci náhle zmizela.

He sat upright in bed as if waking up from regular sleep.

Seděl vzpřímeně v posteli, jako by se probouzel z normálního
spánku.

He was astonished to find himself at his parents' home.

S úžasem zjistil, že je v domě svých rodičů.

And he was completely ignorant of what had happened.

A on vůbec netušil, co se stalo.

Neither dream nor reality had made an impression on his
mind.

Ani sen, ani skutečnost na něj nezapůsobily.

Dr. Tobey pronounced him fit to be dismissed from his care.

Dr. Tobey ho prohlásil za způsobilého k propuštění z péče.

And he returned to his quarters three days later.

A o tři dny později se vrátil do svého pokoje.

But to Professor Angell he was of no further assistance.

Ale profesoru Angellovi už nebyl k ničemu dalšímu.

All traces of strange dreaming had vanished with his
recovery.

Všechny stopy podivných snů s jeho uzdravením zmizely.

For a week he recounted irrelevant and thoroughly usual
visions.

Týden vyprávěl irelevantní a zcela běžné vize.
And my uncle kept no further record of his night-thoughts.
A můj strýc si už žádné další záznamy o svých nočních myšlenkách nevedl.
At this point the first part of the manuscript ended.
V tomto bodě první část rukopisu skončila.
But my research was still anything but concluded.
Ale můj výzkum stále nebyl v žádném případě uzavřen.
References to scattered notes helped piece things together.
Odkazy na rozptýlené poznámky pomohly dát věci dohromady.
And there was more than enough material for thought.
A materiálu k zamyšlení bylo více než dost.
My distrust of the artist had still not subsided.
Moje nedůvěra k umělci stále neustupovala.
But this was largely a result of my ingrained skepticism.
Ale to bylo z velké části důsledkem mého zakořeněného skepticismu.
The notes described the dreams of various persons.
Poznámky popisovaly sny různých lidí.
These dreams all occurred while young Wilcox was in his fever.
Všechny tyto sny se přihodily, když mladý Wilcox trpěl horečkou.
My uncle, it seems, wasted no time in collecting the data.
Zdá se, že můj strýc neztrácel čas shromažďováním dat.
He had quickly instituted a prodigiously far-flung body of inquiries.
Rychle zahájil ohromně rozsáhlé vyšetřování.
Any friend that didn't show impertinence he questioned.
Vyslýchal každého přítele, který neprojevoval drzost.
He requested from them nightly reports of their dreams.
Žádal od nich o noční zprávy o jejich snech.
And he asked if they had had any notable visions of late.
A zeptal se, jestli měli v poslední době nějaké pozoruhodné vize.
The reception of his request seems to have been varied.

Zdá se, že jeho žádost byla přijata různě.
But there was certainly no shortage in replies.
Ale o odpovědi rozhodně nebyla nouze.
No ordinary man could have handled the replies alone.
Žádný obyčejný člověk by si s odpověďmi neporadil sám.
The original correspondences were not preserved.
Původní korespondence se nezachovala.
But his notes formed a thorough and significant digest.
Ale jeho poznámky tvořily důkladný a významný přehled.

***

Initially he had approached average people in society.
Zpočátku oslovoval průměrné lidi ve společnosti.
New England's traditional "salt of the earth".
Tradiční „sůl země" Nové Anglie.
But this group gave an almost completely negative result.
Ale tato skupina dala téměř zcela negativní výsledek.
Though there were some exceptions to this group too.
I když i v této skupině existovaly výjimky.
Scattered cases of uneasy but formless nocturnal impressions.
Rozptýlené případy neklidných, ale beztvarých nočních dojmů.
Their reports were always between March 23rd and April 2nd.
Jejich zprávy byly vždy mezi 23. březnem a 2. dubnem.
This aligned with the same period of young Wilcox's delirium.
To se shodovalo se stejným obdobím deliria mladého Wilcoxe.
Men of science had been only a little more affected.
Vědci byli postiženi jen o málo více.
Though four cases of vague description were of interest.
Ačkoli čtyři případy s vágním popisem byly zajímavé.
They had had fugitive glimpses of strange landscapes.
Zahlédli letmé záblesky podivných krajin.

And in one case a dread of something abnormal was mentioned.

A v jednom případě byla zmíněna obava z něčeho abnormálního.

It was from the artists and poets that the pertinent answers came.

Právě od umělců a básníků přišly relevantní odpovědi.

It is a blessing no one had been able to compare notes.

Je štěstí, že si nikdo nemohl porovnat poznámky.

Panic would have broken loose had they shared their visions.

Kdyby se podělili o své vize, vypukla by panika.

This, however, did not dispel my ingrained skepticism.

To však nerozptýlilo můj zakořeněný skepticismus.

Others might have come to mythical conclusions much quicker.

Jiní by k mytickým závěrům mohli dojít mnohem rychleji.

But the original letters were lacking from the notes.

Ale v poznámkách chyběly původní dopisy.

I half suspected the compiler of having asked leading questions.

Napůl jsem podezříval, že sestavovatel položil sugestivní otázky.

Or perhaps the correspondences weren't entirely original.

Nebo možná korespondence nebyla zcela originální.

Perhaps my uncle had resolved to confirm Wilcox's dreams.

Možná se můj strýc rozhodl potvrdit Wilcoxovy sny.

That is why I continued to feel suspicious of the sculptor.

Proto jsem k sochaři nadále cítil podezření.

Perhaps he was still cognizant of my uncle's old data.

Možná si byl stále vědom starých dat mého strýce.

Perhaps he had been imposing on the veteran scientist.

Možná se na zkušeného vědce vnucoval.

Nonetheless, the corroborating data had to be investigated.

Nicméně bylo nutné prozkoumat podpůrné údaje.

***

The responses from the esthetes told a disturbing tale.

Reakce estetů vyprávěly znepokojivý příběh.

From February 28th to April 2nd their dreams aligned.

Od 28. února do 2. dubna se jejich sny shodovaly.

And a large proportion of them had dreamed very bizarre things.

A velká část z nich měla sny o velmi bizarních věcech.

The timing of the intensity of their dreams was also of interest.

Zajímavé bylo také načasování intenzity jejich snů.

The period of the sculptor's delirium marked a highpoint.

Období sochařova deliria znamenalo vrchol.

The intensity of their dreams were immeasurably the stronger.

Intenzita jejich snů byla nepoměrně silnější.

Over a quarter reported unfamiliar and unpronounceable sounds.

Více než čtvrtina uvedla neznámé a nevyslovitelné zvuky.

Noises not dissimilar to what Wilcox had also described.

Zvuky ne nepodobné těm, které popsal také Wilcox.

Some described highly elaborate and impossible architecture.

Někteří popisovali vysoce propracovanou a nemožnou architekturu.

And some of the dreamers confessed to an acute fear.

A někteří ze snících se přiznali k akutnímu strachu.

Like Wilcox, they had seen some gigantic nameless thing.

Stejně jako Wilcox spatřili nějakou gigantickou bezejmennou věc.

One case, which the note describes with emphasis, was very sad.

Jeden případ, který poznámka s důrazem popisuje, byl velmi smutný.

The subject was a widely known architect of the region.

Předmětem byl široce známý architekt regionu.

He too had leanings toward theosophy and occultism.

Také on měl sklony k teosofii a okultismu.

This man went violently insane on March the 22nd.

Tento muž se 22. března prudce zbláznil.

The exact same date of young Wilcox's seizure.

Přesně stejné datum jako záchvat mladého Wilcoxe.

He expired several months later, after incessant screaming.

O několik měsíců později zemřel po neustálém křiku.

He begged to be saved from some escaped denizen of hell.

Prosil o záchranu před nějakým uprchlým obyvatelem pekla.

Regrettably, my uncle did not refer to these cases by name.

Bohužel můj strýc tyto případy jmenovitě nezmínil.

Instead, all studies were given nothing more than a number.

Místo toho všem studiím bylo přiděleno pouze číslo.

This way I was limited in attempting any personal investigation.

Takto jsem byl omezen v pokusech o jakékoli osobní vyšetřování.

And corroborating the evidence further was demanding.

A další potvrzení důkazů bylo náročné.

But finally I did succeed in tracing down some cases.

Ale nakonec se mi podařilo některé případy vystopovat.

I should have trusted the notes from my uncle.

Měl jsem věřit poznámkám od strýce.

They reported their dreams true to their reports.

Uvedli, že jejich sny byly věrné jejich zprávám.

I have often wondered what they thought the questioning meant.

Často jsem přemýšlel, co si myslí, že ten výslech znamená.

It is for the best that no explanation shall ever reach them.

Je nejlepší, aby se k nim žádné vysvětlení nikdy nedostalo.

***

As I have mentioned, my uncle also collected press clippings.

Jak jsem již zmínil, můj strýc také sbíral výstřižky z novin.

These press clippings corresponded to the dates in question.

Tyto výstřižky z tisku odpovídaly daným datům.

The sources were scattered throughout the globe.

Zdroje byly rozptýleny po celém světě.

Professor Angell must have employed a cutting bureau.

Profesor Angell musel zaměstnat střihací kancelář.

Because the number of extracts was tremendous.

Protože počet výňatků byl ohromný.

There was a parallel to this part of his research.

S touto částí jeho výzkumu existovala paralela.

Cases of panic, mania, and eccentricity.

Případy paniky, mánie a excentricity.

One case was a nocturnal suicide in London.

Jedním z případů byla noční sebevražda v Londýně.

A lone sleeper had leaped from a window after a shocking cry.

Osamělý spáč po šokujícím výkřiku vyskočil z okna.

A rambling letter to the editor of a paper in South America.

Nesouvislý dopis redaktorovi novin v Jižní Americe.

A fanatic deduces a dire future from visions he had had.

Fanatik si z vizí, které měl, vyvozuje neblahou budoucnost.

A dispatch from California describes a theosophist colony.

Zpráva z Kalifornie popisuje teosofickou kolonii.

They donned white robes en masse for some "glorious fulfilment".

Hromadně si oblékli bílé róby pro nějaké „slavné naplnění".

Although that "glorious fulfilment" never arose.

Ačkoli k tomuto „slavnému naplnění" nikdy nedošlo.

There seems to be serious unrest from the natives in India.

Zdá se, že domorodci v Indii panují vážné nespokojenosti.

Voodoo orgies multiplied in Haiti.

Na Haiti se rozmnožily voodoo orgie.

African outposts report ominous mutterings.

Africké základny hlásí zlověstné mumlání.

American officers in the Philippines find certain tribes bothersome.

Američtí důstojníci na Filipínách považují některé kmeny za obtěžující.

New York policemen are mobbed by hysterical Levantines.

Newyorské policisty obklopují hysteričtí Levantinci.

This occurred exactly on the night of March 22-23.

Stalo se to přesně v noci z 22. na 23. března.

The west of Ireland, too, was full of wild rumor and legendry.

I západ Irska byl plný divokých fám a legend.

A fantastic painter named Ardois-Bonnot made the news in France.

Fantastický malíř jménem Ardois-Bonnot se ve Francii stal známým.

He hung a blasphemous dream landscape in the Paris spring salon.

V pařížském jarním salonu pověsil rouhačskou snovou krajinu.

The recorded troubles in insane asylums were immeasurable.

Zaznamenané problémy v blázincích byly nezměrné.

A miracle must have kept the medical fraternities unsuspecting.

Lékařské komunity musel zázrak udržet v nevědomosti.

But they never noted the strange parallelisms of the cases.

Nikdy si však nevšimli podivných paralelismu případů.

Else they too would have come to mystified conclusions.

Jinak by i oni dospěli k matoucím závěrům.

I must confess these were indeed a set of weird paper cuttings.

Musím přiznat, že tohle byla opravdu sada podivných papírových výstřižků.

My uncle had put forward a convincing argument.

Můj strýc předložil přesvědčivý argument.

I can't explain how I set the evidence aside.

Nedokážu vysvětlit, jak jsem důkazy odložil stranou.

But my callous rationalism took the upper hand.

Ale můj bezcitný racionalismus vzal navrch.

And I was still suspicious of the young sculptor, Wilcox.

A stále jsem měl podezření na mladého sochaře Wilcoxe.

He must have known of the older matters mentioned by the professor.
Musel vědět o starších záležitostech, o kterých se profesor zmínil.

The Tale of Inspecter Legrasse
Příběh inspektora Legrasse

Let me turn your attention away from the young sculptor.

Dovolte mi, abych odvedl vaši pozornost od mladého sochaře.

And let us focus on the second half of the manuscript.

A zaměřme se na druhou polovinu rukopisu.

A few dreams alone would not have been so significant.

Pár snů by samo o sobě nebylo tak významných.

The bas-relief could have been dismissed as a hoax.

Basreliéf mohl být zavržen jako podvod.

But my uncle had previously been primed to take interest.

Ale můj strýc byl předtím připravený projevit zájem.

Wilcox's dream seemed to have a link to past events.

Wilcoxův sen jako by měl souvislost s minulými událostmi.

It wasn't the first time that he had heard that word.

Nebylo to poprvé, co to slovo slyšel.

The ominous syllables perhaps written as "Cthulhu".

Zlověstné slabiky možná napsané jako „Cthulhu“.

He had seen and heard of similar descriptions before.

Už dříve viděl a slyšel podobné popisy.

The hellish outlines of the nameless monstrosity.

Pekelné obrysy bezejmenné zrůdy.

He had previously puzzled over the same hieroglyphics.

Už předtím si lámal hlavu nad stejnými hieroglyfy.

All this produced a horrible connection of events.

To vše vytvořilo hroznou souvislost událostí.

It is no wonder he pursued young Wilcox with queries.

Není divu, že mladého Wilcoxe pronásledoval různými dotazy.

And we must not be surprised he interrogated Wilcox so.

A nesmíme se divit, že Wilcoxe takto vyslýchal.

This earlier experience had come in the year of 1908.

Tato dřívější zkušenost se odehrála v roce 1908.

Seventeen years before Wilcox came to my great-uncle.

Sedmnáct let předtím, než Wilcox přišel k mému prastrýci.

The archeological society were meeting in St. Louis.

Archeologická společnost se scházela v St. Louis.
Professor Angell had a prominent part in the deliberations.
Profesor Angell se v jednáních významně podílel.
His responsibilities befitted one of his authority.
Jeho povinnosti odpovídaly člověku s jeho autoritou .
He was one of the first to be approached by several outsiders.
Byl jedním z prvních, ke kterému se přiblížilo několik cizinců.
They took advantage of the convocation to offer questions.
Využili schůze k kladení otázek.
They hoped for correct answering from an expert.
Doufali ve správnou odpověď od odborníka.
They each had very peculiar types of problems.
Každý z nich měl velmi specifické problémy.
And they required very different types of solutions.
A vyžadovaly velmi odlišné typy řešení.
The chief of these was a common-looking middle-aged man.
Vrchním z nich byl obyčejně vypadající muž středního věku.
And he quickly became the meeting's focus of interest.
A rychle se stal středem zájmu schůzky.

***

He had traveled to St. Louis all the way from New Orleans.
Cestoval do St. Louis celou cestu z New Orleans.
He had come to the meeting for special information.
Přišel na schůzku kvůli zvláštním informacím.
Knowledge that could not be unobtained from local source.
Znalosti, které nebylo možné získat z místních zdrojů.
His name was John Raymond Legrasse, police inspector.
Jmenoval se John Raymond Legrasse a byl policejním inspektorem.
He bore with him the mysterious subject of his inquiries.
Nesl s sebou tajemný předmět svého zkoumání.
A grotesque and apparently very ancient stone statuette.
Groteskní a zjevně velmi starobylá kamenná soška.
A statuette whose origin no one had been able to determine.

Soška, jejíž původ nikdo nedokázal určit.
But don't assume Inspector Legrasse was an archeologist.
Ale nepředpokládejte, že inspektor Legrasse byl archeolog.
He had very little interest in archeology, nor mythology.
O archeologii ani mytologii se velmi nezajímal.
His wish for enlightenment had rather different motivations.
Jeho touha po osvícení měla poněkud odlišné motivace.
He was prompted to come by purely professional considerations.
K příchodu ho vedly čistě profesní úvahy.
The statuette had been captured as part of a police raid.
Soška byla ukořistěna při policejní razii.
Although whether it was even a statuette wasn't determined.
I když se nedalo zjistit, zda se vůbec jednalo o sošku.
It could also have been an idol, magic fetish, or charm.
Mohlo to být také idol, magický fetiš nebo amulet.
Whatever it was, it had been captured some months previously.
Ať to bylo cokoli, bylo to chyceno před několika měsíci.
A meeting was being held in the wooded swamps of New Orleans.
V zalesněných bažinách New Orleans se konala schůze.
The police had been tipped of about a supposed voodoo meeting.
Policie byla informována o údajném setkání voodoo.
Strange and hideous rites connected with the voodoo circle.
Podivné a ohavné rituály spojené s kruhem voodoo.
The police could not but realize what they had stumbled on.
Policie si nemohla neuvědomit, na co narazila.
A dark cult previously totally unknown to the authorities.
Temný kult, který byl úřadům dříve zcela neznámý.
Infinitely more sinister than what an outsider could expect.
Nekonečně zlověstnější, než by si mohl outsider představit.
More diabolic than the blackest of the African voodoo circles.
Ďábelštější než ten nejčernější z afrických voodoo kruhů.

Unbelievable tales were extorted from the captured cult members.
Od zajatých členů kultu byly vynuceny neuvěřitelné historky.
But nothing of the relic's origin could be discovered.
O původu relikvie se však nepodařilo nic zjistit.
Hence the anxiety of the police for any antiquarian lore.
Proto má policie obavy z jakýchkoli starožitných tradic.
Ancient mythology might explain the frightful symbol.
Starověká mytologie by mohla vysvětlit tento děsivý symbol.
Deeper knowledge could perhaps track the fountain-head.
Hlubší znalosti by snad mohly vystopovat pramen.
Inspector Legrasse was not prepared for the excitement he created.
Inspektor Legrasse nebyl připraven na rozruch, který vyvolal.
One sight of the mysterious object was all that was required.
Stačil jediný pohled na záhadný objekt.
The assembled men of science were filled with curiosity.
Shromáždění vědci byli plní zvědavosti.
They lost no time in crowding closely around the inspector.
Neztráceli čas a těsně se shromáždili kolem inspektora.
And they all tried to get the best look at the diminutive figure.
A všichni se snažili co nejlépe si prohlédnout drobnou
postavu.

***

The genuinely abysmal antiquity inspired wild imagination.
Opravdu propastná starověkost podnítila bujnou fantazii.
The strangeness hinted so potently at unopened and archaic vistas.
Ta zvláštnost tak silně naznačovala neotevřené a archaické
výhledy.
No recognized school of sculpture had animated this terrible object.
Žádná uznávaná sochařská škola neoživila tento hrozný
objekt.

Yet centuries seemed recorded in the dim and greenish surface.

Přesto se staletí zdála být zaznamenána v matném a nazelenalém povrchu.

Perhaps thousands of years were hidden in this unplaceable stone.

Možná se v tomto neumístitelném kameni skrývaly tisíce let.

The figurine was finally passed slowly from man to man.

Figurka byla nakonec pomalu předávána z muže na muže.

Each scientist carefully studied the strange markings of the stone.

Každý vědec pečlivě studoval podivné znaky na kameni.

The work was between seven and eight inches in height.

Dílo mělo výšku mezi sedmi a osmi palci.

And the exquisite artistic workmanship must be noted.

A je třeba poznamenat vynikající umělecké zpracování.

The carvings represented a monster of vaguely anthropoid outline.

Rytiny představovaly monstrum s neurčitě antropoidními obrysy.

On the face of the octopus-esque head was a mass of feelers.

Na tváři hlavy připomínající chobotnici se nacházela spousta tykadel.

Prodigious claws on hind and fore feet protruded from the body.

Z těla vyčnívaly obrovské drápy na zadních i předních tlapkách.

The bloated corpulence had a rubbery looking quality to it.

Nafouklá korpulence vypadala gumově.

And from behind the rubbery body came out two narrow wings.

A zpoza gumového těla vyšla dvě úzká křídla.

It would be instinctual to think of this thing as fearsome.

Bylo by instinktivní považovat tuto věc za děsivou.

There was an unnatural malignancy to the aura of the creature.

Aura tvora měla nepřirozenou zlomyslnost.

The gargantuan squatted evilly on a rectangular block.

Obrovský dřepěl zlověstně na obdélníkovém bloku.

The pedestal it was on was covered with undecipherable characters.

Podstavec, na kterém stál, byl pokrytý nečitelnými znaky.

The tips of the wings touched the back edge of the block.

Špičky křídel se dotýkaly zadní hrany bloku.

The creature was sitting on the middle of the giant block.

Tvor seděl uprostřed obřího bloku.

Its legs were doubled up under its monstrous body.

Jeho nohy byly zkroucené pod jeho obludným tělem.

The long, curved claws gripped the front edge of the cliff.

Dlouhé, zahnuté drápy svíraly přední okraj útesu.

The cephalopod head was bent forward, observing its kingdom.

Hlava hlavonožce byla skloněna dopředu a pozoroval svou říši.

The ends of the facial feelers brushed the backs of huge forepaws.

Konce tykadel v obličeji se otíraly o hřbety obrovských předních tlapek.

And the forepaws clasped the croucher's elevated knees.

A přední tlapky sevřely vyvýšená kolena dřepícího.

The appearance of the grotesque scene was abnormally lifelike.

Vzhled groteskní scény byl neobvykle realistický.

But this lifelike quality only added a subtle reason to be more fearful.

Ale tato realistická vlastnost jen přidala nenápadný důvod k většímu strachu.

Because we knew nothing about the source of the depiction.

Protože jsme o zdroji zobrazení nic nevěděli.

The creature's vast, awesome, and incalculable age was unmistakable.

Obrovské, děsivé a nevypočitatelně velké stáří toho tvora bylo nezaměnitelné.

But not one link did the depiction show with any known type of art.

Ale ani jedna souvislost zobrazení neukázala s žádným známým druhem umění.

Not even the earliest civilizations made reference to this creature.

Ani nejstarší civilizace se o tomto tvorovi nezmiňovaly.

But that is not the only point at which our knowledge failed us.

Ale to není jediný bod, v němž nás naše znalosti zklamaly.

***

The mineralogy of the stone was also a complete mystery.

Mineralogie kamene byla také úplnou záhadou.

Gold specks dotted the soapy, greenish-black stone.

Zlaté skvrny pokrývaly mýdlový, zelenočerný kámen.

Iridescent striations ran along the length of the stone.

Po celé délce kamene se táhly duhové pruhy.

In short, the stone resembled nothing within mineralogy.

Zkrátka, kámen se v mineralogii vůbec nepodobal ničemu.

Geologists hadn't been able to identify the stone either.

Ani geologové nebyli schopni kámen identifikovat.

The hieroglyphs along the stone were equally baffling.

Hieroglyfy podél kamene byly stejně matoucí.

The writing system was horribly different than other scripts.

Systém psaní se strašlivě lišil od ostatních písma.

A representation of half the world's leading experts was present.

Přítomno bylo zastoupení poloviny předních světových odborníků.

But no link to any known writing system could be established.

Nepodařilo se však prokázat žádnou souvislost s žádným známým písmem.

Everything frightfully suggested an old and unhallowed cycle of life.

Všechno děsivě naznačovalo starý a neposvěcený koloběh
života.
**A history in which our world and our conceptions played no
part.**
Dějiny, v nichž náš svět a naše představy nehrály žádnou roli.
**The experts shook their heads, admitting they had been
defeated.**
Odborníci kroutili hlavami a přiznávali, že utrpěli porážku.
But one expert did not give up quite so quickly.
Jeden expert se ale tak rychle nevzdal.
**He claimed to have a touch of bizarre familiarity with the
subject.**
Tvrdil, že má s daným tématem až bizarní znalosti.
**The monstrous shape and writing weren't entirely new to
him.**
Monstrózní tvar a písmo pro něj nebyly úplně nové.
With some diffidence he told of the odd trifle he knew.
S jistou nesmělostí vyprávěl o podivné maličkosti, kterou znal.
This person was the late William Channing Webb.
Touto osobou byl zesnulý William Channing Webb.
He was professor of anthropology in Princeton University.
Byl profesorem antropologie na Princetonské univerzitě.
And he was an explorer of no small significance.
A byl to badatel nemalého významu.

***

**Forty-eight years ago he was exploring Greenland and
Iceland.**
Před čtyřiceti osmi lety prozkoumával Grónsko a Island.
His group were in search of some Runic inscriptions.
Jeho skupina hledala nějaké runové nápisy.
But the expedition failed to unearth any inscriptions.
Expedici se však nepodařilo objevit žádné nápisy.
They trekked the heights of West Greenland's coasts.
Zdolali vrcholky pobřeží západního Grónska.
Here they encountered a strange cult of degenerate Eskimos.

Zde se setkali s podivným kultem zvrhlých Eskymáků.
Their religion consisted of a form of devil-worship.
Jejich náboženství sestávalo z formy uctívání ďábla.
And their rituals were deliberately bloodthirsty and repulsive.
A jejich rituály byly záměrně krvežíznivé a odpudivé.
It was a faith of which other Eskimos knew little.
Byla to víra, o které ostatní Eskymáci věděli jen málo.
Locals shuddered at the mention of their practices.
Místní se při zmínce o jejich praktikách otřásli hrůzou.
They said their believes came from horribly ancient eons.
Říkali, že jejich víra pochází z děsivě starověkých věků.
A time before the world as we know it now had ever been made.
Doba ještě předtím, než byl stvořen svět, jak ho známe dnes.
There were human sacrifices and queer hereditary rituals.
Konaly se lidské oběti a podivné dědičné rituály.
And all their worship was directed at a supreme tornasuk.
A veškerá jejich úcta byla zaměřena na nejvyššího tornasuka .
Professor Webb had taken a phonetic copy from an aged angekok.
Profesor Webb si vzal fonetickou kopii od starého angekoka.
He had transcribed the wizard-priest's chants as best he could.
Přepsal zpěvy čaroděje-kněze, jak nejlépe uměl.
But currently these transcriptions weren't of prime significance.
Ale v současné době tyto přepisy neměly prvořadý význam.
The cult had a cherished stone that they worshipped.
Kult měl drahocenný kámen, který uctívali.
They danced wildly when the aurora leaped over the ice cliffs.
Divoce tančili, když polární záře přeskočila ledové útesy.
And in the midst of their dance was the strange stone.
A uprostřed jejich tance byl ten podivný kámen.
It was, the professor stated, a very crude bas-relief of stone.
Byl to, jak profesor prohlásil, velmi hrubý basreliéf z kamene.

The stone comprised a hideous picture and some cryptic writing.

Kámen se skládal z ohavného obrázku a nějakého záhadného písma.

And as far as he could tell this stone was a rough parallel.

A pokud mohl posoudit, tento kámen byl zhruba podobnou variantou.

The stone had all the same essential features of bestial things.

Kámen měl všechny stejné základní rysy jako zvířecí tvorové.

The scientists received this data with suspense and astonishment.

Vědci přijali tato data s napětím a úžasem.

Even Inspector Legrasse had quickly gained an interest in mythology.

Dokonce i inspektor Legrasse se rychle začal zajímat o mytologii.

And he began at once to ply his informant with questions.

A okamžitě začal svého informátora zasypávat otázkami.

He had notes of the oral ritual of the cult-worshipers in the swamp.

Měl poznámky o ústním rituálu uctívačů kultu v bažině.

He besought the professor to remember the diabolist Eskimos' chants.

Prosil profesora, aby si vzpomněl na zpěvy ďábelských Eskymáků.

There then followed an exhaustive comparison of details.

Poté následovalo vyčerpávající srovnání detailů.

And there then followed a moment of really awed silence.

A pak následovala chvíle vskutku úctyhodného ticha.

The Eskimo wizards and the Louisiana swamp-priests were worlds apart.

Eskymáčtí čarodějové a louisianští bažinatí kněží byli naprosto odlišní světy.

And yet there was a phrase the two hellish rituals had in common.

A přesto existovala fráze, kterou měly oba pekelné rituály
společné.
"Ph'nglui mglw'nafh Cthulhu R'lyeh wgah'nagl fhtagn."
„ Ph'nglui " mglw'nafh Cthulhu R'lyeh wgah'nagl fhtag ."

***

Legrasse had one advantage over Professor Webb.
Legrasse měl oproti profesoru Webbovi jednu výhodu.
He had spoken to several of his mongrel prisoners.
Mluvil s několika svými vězni-kříženci.
Some of them had passed on the phrase's meaning.
Někteří z nich význam fráze předali dál.
"In his house at R'lyeh dead Cthulhu waits dreaming."
„Ve svém domě v R'lyehu čeká mrtvý Cthulhu a sní."
So the attention turned back to Inspector Legrasse.
Pozornost se tedy znovu obrátila k inspektorovi Legrasseovi .
And he was probed with many disconnected questions.
A byl zkoumán mnoha nesouvisejícími otázkami.
**He detailed his experience with the worshipers from the
swamp.**
Podrobně popsal svou zkušenost s věřícími z bažiny.
My uncle attached profound significance to the story.
Můj strýc přikládal tomuto příběhu hluboký význam.
The report savored of the wildest dreams of myth-makers.
Zpráva voněla nejdivočejšími sny tvůrců mýtů.
Theosophists could not have provided more imagination.
Teosofové nemohli poskytnout více fantazie.
But the philosophies came from unexpected sources.
Ale filozofie pocházely z nečekaných zdrojů.
Half-castes and pariahs told these fantastical stories.
Míšenci a vyvrheli vyprávěli tyto fantastické příběhy.
On November 1st, 1907, his chain of events unfolded.
1. listopadu 1907 se odehrál řetězec jeho událostí.
The New Orleans police received desperate calls.
Policie v New Orleans dostávala zoufalé hovory.

They were called to the swamp and lagoon country to the south.

Byli povoláni do bažin a lagun na jihu.

The settlers there were mostly primitive, but good-natured.

Osadníci tam byli většinou primitivní, ale dobromyslní.

Most living by the swamp were descendants of Lafitte's men.

Většina lidí žijících u bažiny byli potomci Lafittových mužů.

But now they were in the grip of stark terror.

Ale teď je svírala krutá hrůza.

An unknown thing had stolen upon them in the night.

V noci se k nim vkradla neznámá věc.

It was voodoo, apparently, that caused the disturbance.

Zřejmě to bylo voodoo, co způsobilo ten nepořádek.

But it was a voodoo unlike the other forms of voodoo.

Ale bylo to voodoo na rozdíl od jiných forem voodoo.

Voodoo of a more terrible sort than they had ever known.

Voodoo hroznějšího druhu, než jaké kdy poznali.

Some of their women and children had disappeared.

Některé z jejich žen a dětí zmizely.

A malevolent drumming had begun its incessant beating.

Zlověstné bubnování se rozeznělo nepřetržitě.

Far and deep within those dark, black haunted woods.

Daleko a hluboko v těch temných, černých strašidelných lesích.

There, where no dweller dared to ventured close to.

Tam, kam se žádný obyvatel neodvážil přiblížit.

There were insane shouts and harrowing screams.

Ozývaly se šílené výkřiky a děsivé skřeky.

Soul-chilling chants and dancing devil-flames.

Duše mrazivé zpěvy a tančící ďábelské plameny.

The messenger and his people could stand it no more.

Posel a jeho lidé to už nemohli déle vydržet.

A body of twenty police set out in the late afternoon.

Pozdě odpoledne vyrazila dvacetičlenná policistická jednotka.

And a shivering settler came with them as a guide.

A jako průvodce s nimi přišel třesoucí se osadník.

***

At the end of the passable road they alighted.

Na konci sjízdné cesty vystoupili.

For miles and miles they splashed on in silence.

Míle a míle šplouchali dál v tichosti.

And they went on through the terrible cypress woods.

A pokračovali skrz strašlivý cypřišový les.

Dark, dark woods in which day but almost never came.

Temné, temné lesy, ve který den ale téměř nikdy nepřišel.

Ugly roots set traps for them in the wet ground.

Ošklivé kořeny jim nastražují pasti v mokré zemi.

Malignant hanging nooses of Spanish moss beset them.

Obklopovaly je zhoubné visící smyčky ze španělského mechu.

In the distance the settlement slowly came into sight.

V dálce se pomalu vynořovala osada.

Hysterical dwellers ran out of the miserable huts.

Z ubohých chatrčí vybíhali hysteričtí obyvatelé.

They clustered around the group of bobbing lanterns.

Shlukli se kolem skupiny pohupujících se luceren.

Far, far ahead the cause of all the fear could be heard.

Daleko, daleko vpředu bylo slyšet příčinu veškerého strachu.

The muffled beat of drums was now faintly audible.

Tlumené údery bubnů byly nyní slabě slyšitelné.

At times the wind shifted and revealed different sounds.

Vítr se občas změnil a ozývaly se jiné zvuky.

Curdling shrieks were audible at infrequent intervals.

V občasných intervalech se ozývalo srážející se křik.

A reddish glare seemed to filter through the undergrowth.

Zdálo se, že podrostem prosvítá načervenalá záře.

The settlers were reluctant to be left alone again.

Osadníci se zdráhali nechat znovu o samotě.

But they point blank refused to move forwards either.

Ale ani oni se rozhodně odmítli pohnout kupředu.

So the inspector and his colleagues plunged on unguided.

Inspektor a jeho kolegové se tedy bez dozoru vrhli dál.

And they went into the black arcades of horror.

A vstoupili do černých arkád hrůzy.

The region was one of traditionally evil repute.

Tento region měl tradičně špatnou pověst.

The lands were substantially unknown by white men.

Tyto země byly bílým mužům prakticky neznámé.

Not many explorers had traversed those regions yet.

Mnoho průzkumníků dosud těmito oblastmi neprocházelo.

There were also legends of a hidden away lake.

Také se vyprávěly legendy o skrytém jezeře.

A body of water still unglimpsed by mortal sight.

Vodní plocha stále neviditelná smrtelným zrakem.

In the lake it was said there dwelt a strange creature.

V jezeře prý žil podivný tvor.

A huge, formless white polypous thing with luminous eye.

Obrovská, beztvará bílá polypozní věc se zářícím okem.

And settlers whispered about bat-winged devils.

A osadníci si šeptali o ďáblech s netopýřími křídly.

They flew up out of caverns from the inner earth.

Vylétli z jeskyní nitra Země.

And together the demons worship it at midnight.

A démoni ho společně uctívají o půlnoci.

They said it had been there before D'Iberville.

Říkali, že to tam bylo před D'Ibervillem.

They said it had been there before La Salle too.

Říkali, že to tam bylo i před La Salle.

They said it was there before the Native Americans.

Říkali, že to tam bylo před domorodými Američany.

Perhaps it was even there before the wholesome beasts.

Možná to tam bylo dokonce předtím, než se objevila zdravá zvířata.

It was a nightmare itself that made men dream.

Byla to sama o sobě noční můra, která nutila muže snít.

And to see the thing was the same as death.

A vidět tu věc bylo totéž jako smrt.

And so they had enough warning to know to keep away.

A tak měli dostatek varování, aby věděli, že se mají držet dál.

Because it was indeed where they were warned it was.
Protože to skutečně bylo tam, kde byli varováni.
The voodoo orgy was on the fringe of this abhorred area.
Voodoo orgie se odehrávaly na okraji této opovrženíhodné
oblasti.
But the location was already bad enough by itself.
Ale už jen samotná lokalita byla dost špatná.
The voodoo activities only added to the horror.
Voodoo aktivity jen přispěly k hrůze.
Perhaps poetry could do justice to the noises heard.
Možná by poezie mohla vzdát hold slyšeným zvukům.
Otherwise only madness would help one understand.
Jinak by jedině šílenství pomohlo člověku pochopit.
But Legrasse's plowed on through the black morass.
Ale Legrasse se prodíral černým bahnem dál.
The sound of the muffled drumming slowly crystalized.
Zvuk tlumeného bubnování se pomalu krystalizoval.
And they continued steadily towards the red glare.
A vytrvale pokračovali směrem k rudé záři.

***

There are vocal qualities specific to men.
Existují hlasové vlastnosti specifické pro muže.
And there are vocal qualities specific to beasts.
A existují hlasové vlastnosti specifické pro zvířata.
It is terrible when one makes the sounds of the other.
Je hrozné, když jeden vydává zvuky toho druhého.
Animal fury freed them of their human restraint.
Zvířecí zuřivost je osvobodila od jejich lidské zdrženlivosti.
Orgiastic license whipped them into demoniac heights.
Orgické bezuzdnosti je vymrštily do démonických výšin.
Howls that tore through those perpetually dark woods.
Vytí, které se rozléhalo těmi věčně temnými lesy.
Squawking ecstasies that echoed in everyone's mind.
Křičící extáze, které se ozývaly v myslích všech.
Sounds like pestilential tempests from the gulfs of hell.

Zní to jako morové bouře z pekelných propastí.

Now and then the less organized ululations would cease.

Občas méně organizované kvílení ustalo.

A well-drilled chorus of hoarse voices rose in singsong.

Dobře secvičený sbor chraplavých hlasů se zvedl v zpěvu.

And they chanted that hideous phrase of their ritual.

A odříkávali tu ohavnou frázi svého rituálu.

"Ph'nglui mglw'nafh Cthulhu R'lyeh wgah'nagl fhtagn"

„ Ph'nglui " mglw'nafh Cthulhu R'lyeh wgah'nagl fhtag "

Then the men reached a spot where the trees were sparser.

Pak muži dorazili na místo, kde byly stromy řidší.

Suddenly they come in sight of the spectacle itself.

Najednou se ocitnou před samotnou podívanou.

Four of them reeled from the horrible things they saw.

Čtyři z nich se otřásli hrůzami, které viděli.

One man fainted, and two were shaken into a frantic cry.

Jeden muž omdlel a dva byli otřeseni k zoufalému křiku.

Fortunately their screams were not heard by other ears.

Naštěstí jejich křik ostatní neslyšeli.

The mad cacophony of the orgy deadened their screams.

Šílená kakofonie orgie utlumila jejich křik.

Legrasse splashed swamp water on the fainting man.

Legrasse šplouchl bažinnou vodou na mdlouhoucího muže.

They stood up again, but nearly hypnotized with horror.

Znovu vstali, ale byli téměř hypnotizováni hrůzou.

In a natural glade of the swamp stood a grassy island.

Na přirozené mýtině bažiny stál travnatý ostrov.

The grassy island extended perhaps for an acre.

Travnatý ostrov se táhl snad na akr.

And the area was clear of trees and tolerably dry.

A oblast byla bez stromů a celkem suchá.

A horde of human abnormality leaped and twisted.

Horda lidské abnormality poskakovala a kroutila se.

No Sime could paint what the men were seeing.

Žádný Sime nedokázal namalovat, co muži viděli.

No Angarola has ever painted such an indescribable scene.

Žádný Angarola nikdy nenamaloval tak nepopsatelnou scénu.

The hybrid spawn made a monstrous ring-shaped bonfire.

Hybridní zplodina vytvořila obludnou prstencovitou vatru.

They brayed bellowed and writhed about in their nudity.

Hýkali, řvali a svíjeli se ve své nahotě.

Occasionally there were rifts in the curtain of flame.

Občas se v plamenné oponě objevily trhliny.

And there the object of their worship revealed itself.

A tam se odhalil předmět jejich uctívání.

In the midst of the fire stood a great granite monolith.

Uprostřed ohně stál velký žulový monolit.

The stone structure was only about eight feet in height.

Kamenná stavba byla vysoká jen asi dva a půl metru.

And the noxious carven statuette rested on the monolith.

A na monolitu spočívala ta jedovatá vyřezaná soška.

The idle was almost incongruous in its diminutiveness.

Lenost byla ve své maličkosti téměř nepatřičná.

Spaced evenly, scaffolds had been erected around the fire.

Kolem ohně byla rovnoměrně rozmístěna lešení.

From the scaffolding hung a number of marred bodies.

Z lešení visela řada znetvořených těl.

The bodies of those that had disappeared from nearby.

Těla těch, kteří zmizeli z blízkého okolí.

It was inside this circle the ring of worshipers were.

se nacházel prstenec věřících .

And they roared and jumped in the frantic trance.

A řvali a skákali v frenetickém transu.

The general direction of the motion was anti-clockwise.

Obecný směr pohybu byl proti směru hodinových ručiček.

The ring of bodies circling around the ring of fire.

Kruh těl kroužících kolem ohnivého kruhu.

One man recollected other details even more concerning.

Jeden muž si vzpomněl na další, ještě znepokojivější detaily.

But perhaps the echoes induced him to hear other things.

Ale možná ho ozvěny přiměly zaslechnout i jiné věci.

He fancied he heard antiphonal responses to the ritual.

Zdálo se mu, že slyší antifonální odpovědi na rituál.

Noises from an unillumined spot deeper within the woods.

Hluky z neosvětleného místa hlouběji v lese.
This man, Joseph D. Galvez, I later met and questioned.
S tímto mužem, Josephem D. Galvezem, jsem se později setkal
a vyslýchal ho.
And he proved to indeed be distractingly imaginative.
A ukázalo se, že je vskutku až rušivě nápaditý.
He even hinted at the faint beating of great wings.
Dokonce naznačil slabé mávání obrovských křídel.
And he suggested there was a glimpse of shining eyes.
A naznačil, že zahlédl záblesk zářících očí.
**And beyond the trees, a mountainous white bulk of
something.**
A za stromy se táhla bílá hornatá masa čehosi.
I suppose he had heard too much native superstition.
Asi slyšel až příliš mnoho domorodých pověr.
But actually the horrified pause was relatively brief.
Ale ve skutečnosti byla zděšená pauza relativně krátká.
Duty came first, and they had come to do a job.
Povinnost byla na prvním místě a oni přišli vykonat práci.

***

There must have been nearly a hundred mongrel celebrants.
Muselo tam být skoro stovka celebrujících kříženců.
But the police were able to rely on their firearms.
Policie se ale mohla spolehnout na své střelné zbraně.
And they plunged determinedly into the nauseous rout.
A odhodlaně se vrhli do nechutného úprku.
For five minutes the chaotic din was beyond description.
Pět minut ten chaotický rámus se nedal popsat.
Wild blows were struck and shots were fired.
Ozývaly se divoké rány a výstřely.
Some escaped arrest by running into the darkness.
Někteří unikli zatčení tím, že utekli do tmy.
They had a better knowledge of the layout of the swamp.
Měli lepší znalosti o uspořádání bažiny.
But Legrasse and his men caught around half of them.

Ale Legrasse a jeho muži chytili asi polovinu z nich.
And they counted around forty-seven sullen prisoners.
A napočítali asi čtyřicet sedm zachmuřených vězňů.
They were forced to put on their clothes again.
Byli nuceni si znovu obléknout oblečení.
And they fell into line between two rows of policemen.
A zařadili se do řady mezi dvě řady policistů.
Five of the worshipers lay dead by the fire.
Pět věřících leželo mrtvých u ohně.
Two severely wounded prisoners were carried away.
Dva těžce zranění vězni byli odneseni.
Of course the image on the monolith was removed.
Obraz na monolitu byl samozřejmě odstraněn.
Legrasse himself took the evidence to the police station.
Legrasse sám odnesl důkazy na policejní stanici.
The trip back to the headquarters was of intense strain.
Cesta zpět do ústředí byla nesmírně vyčerpávající.
The men were examined when they got back to civilization.
Muži byli po návratu do civilizace vyšetřeni.
The prisoners all proved to be men of a very low type.
Všichni vězni se ukázali být muži velmi nízkého typu.
They were all mixed-blooded, and mentally aberrant.
Všichni byli míšenci a duševně abnormalitní.
Most were seamen by trade, or some similar professions.
Většina z nich byli námořníci nebo měli podobná povolání.
Negroes and mulattoes were sprinkled among them.
Mezi nimi byli roztroušeni černoši a mulati.
But most seemed to be West Indians or Brava Portuguese.
Ale většina z nich se zdála být ze Západní Indie nebo z Bravy.
They primarily came from the Cape Verde Islands.
Pocházeli převážně z Kapverdských ostrovů.
They gave the heterogeneous cult a coloring of voodooism.
Dali heterogennímu kultu zabarvení voodooismu.
But there wasn't even a need to ask too many questions.
Ale ani nebylo třeba klást příliš mnoho otázek.
The conclusion quickly became manifest by itself.
Závěr se rychle naplnil sám od sebe.

Something far deeper than negro fetishism was involved.
Šlo o něco mnohem hlubšího než fetišismus černochů.
Although ignorant, but their story was consistent.
I když nevědomí, jejich příběh byl konzistentní.
The creatures all spoke of the same central idea.
Všechna stvoření hovořila o stejné ústřední myšlence.
They certainly all shared the same loathsome faith.
Všichni jistě sdíleli stejnou odpornou víru. .
They worshiped, so they said, the great old ones.
Uctívali, jak říkali, ty velké staré.
The great old ones lived long before there were any men.
Ti velcí staří žili dávno předtím, než se objevili lidé.
And they came to the young world out of the sky.
A přišli do mladého světa z nebe.
Those old ones were now gone, they explained.
Ty staré už byly pryč, vysvětlovali.
They were now inside the earth and under the sea.
Nyní byli uvnitř země a pod mořem.
But their dead bodies found ways to tell their secrets.
Ale jejich mrtvá těla si našla způsoby, jak vyzradit svá
tajemství.
They whispered into the dreams of the first men.
Šeptali do snů prvních mužů.
And the first men formed a cult which has never died.
A první muži vytvořili kult, který nikdy neumřel.

***

The cult had always existed, and always would exist.
Kult vždycky existoval a vždycky existovat bude.
Their followers were hidden in wastes all over the world.
Jejich následovníci byli ukryti v pustinách po celém světě.
Their followers were in dark places explorers overlooked.
Jejich následovníci se ocitli na temných místech, která
průzkumníci přehlédli.
And they would remain hidden until they were called.
A zůstali by skrytí, dokud by nebyli zavoláni.

When the great priest Cthulhu rises again to the surface.
Když se velký kněz Cthulhu znovu vynoří na povrch.
When Cthulhu brings the earth again beneath his sway.
Když Cthulhu znovu přivede zemi pod svou moc.
When Cthulhu leaves from his dark house in the mighty city of R'lyeh.
Když Cthulhu opouští svůj temný dům v mocném městě R'lyeh .
Some day he was going call, when the stars were ready.
Jednoho dne zavolá, až budou hvězdy připravené.
And the secret cult will always be waiting to liberate him.
A tajný kult bude vždy čekat, až ho osvobodí.
Meanwhile, no more of his story must be told.
Mezitím se už z jeho příběhu nesmí vyprávět nic dalšího.
There was a secret even torture could not extract.
Existovalo tajemství, které nedokázalo vydolovat ani mučení.
Mankind was not alone among the conscious things of earth.
Lidstvo nebylo mezi vědomými věcmi na Zemi jediné.
Because shapes came out of the dark to visit the faithful few.
Protože z temnoty vyšly postavy, aby navštívily hrstku věrných.
But these were not the great old ones.
Ale tohle nebyli ti velcí staří.
No man had ever seen the great old ones.
Žádný člověk nikdy neviděl ty velké staré.
The carven idol was of great Cthulhu.
Vyřezaná modla zobrazovala velkého Cthulhua.
None could say whether the others were like him.
Nikdo nedokázal říct, zda jsou ostatní jako on.
No one could read the old writing now.
Staré písmo už nikdo nedokázal přečíst.
Instead, things were told by word of mouth.
Místo toho se věci vyprávěly ústním podáním.
The chanted ritual was not the secret.
Zpívaný rituál nebyl tajemstvím.
The secret was never spoken aloud, only whispered.
Tajemství se nikdy nevyslovovalo nahlas, pouze šeptalo.

The chant meant one thing, and one thing alone:
Ten popěvek znamenal jen jednu věc, a jen jednu věc:
"In his house at R'lyeh dead Cthulhu waits dreaming."
„Ve svém domě v R'lyehu čeká mrtvý Cthulhu a sní.“
Only two of the prisoners were found sane enough to be
hanged.
Pouze dva z vězňů byli shledáni dostatečně příčetnými na to,
aby byli oběšeni.
The rest of them were committed to various institutions.
Zbytek z nich byl svěřen do různých institucí.
All denied to have taken any part in the ritual murders.
Všichni popřeli, že by se jakkoli podíleli na rituálních
vraždách.
They said the killing had been done by something else.
Řekli, že zabití spáchal někdo jiný.
"The black-winged ones," the each insisted, separately.
„Ti s černými křídly,“ trvali na svém každý zvlášť.
They had come to them from their immemorial meeting-
place.
Přišli k nim z jejich nepamětihodného místa setkání.
They had arisen out from the haunted woodlands.
Vyšli ze strašidelných lesů.
But the stories of mysterious allies were inconsistent.
Ale příběhy o záhadných spojencích byly nekonzistentní.

***

What the police did extract came mainly from one man.
To, co policie získala, pocházelo hlavně od jednoho muže.
An immensely aged mestizo named Castro.
Nesmírně starý mestic jménem Castro.
He claimed to have sailed to strange ports.
Tvrdil, že se plavil do cizích přístavů.
And he said he had been to the mountains of China.
A řekl, že byl v čínských horách.
There he talked with undying leaders of the cult.
Tam hovořil s nehynoucími vůdci kultu.

Old Castro remembered bits of hideous legend.

Starý Castro si pamatoval útržky ohavné legendy.

His legends paled the speculations of theosophists.

Jeho legendy zastínily spekulace teosofů.

His stories made man seem like a recent creation.

Jeho příběhy vykreslovaly člověka jako nedávný výtvor.

Even the world was transient in his account of things.

I svět byl v jeho popisu věcí pomíjivý.

There had been eons when other Things ruled on the earth.

Byly věky, kdy na Zemi vládly jiné Věci.

And they had had great cities here on the earth.

A měli zde na zemi velká města.

The deathless Chinamen told him reserved secrets.

Nesmrtelní Číňané mu sdělili svá tajemství.

He had told him their ruins could still be found.

Řekl mu, že jejich ruiny se stále dají najít.

There were still Cyclopean stones on islands in the Pacific.

Na ostrovech v Pacifiku se stále nacházely kyklopské kameny.

They all died vast epochs of time before man came.

Všichni zemřeli v obrovských časových epochách před
příchodem člověka.

But there were knowledges and practices in ancients arts.

Ale ve starověkých uměních existovaly znalosti a praktiky.

Special rituals which could revive them again, in time.

Zvláštní rituály, které by je časem mohly znovu oživit.

In the cycle of eternity their return was inevitable.

V cyklu věčnosti byl jejich návrat nevyhnutelný.

When the stars come round again to the right positions

Až se hvězdy zase dostanou do správných pozic

They had, indeed themselves come from the stars.

Vskutku, sami přišli z hvězd.

"These great old ones," Castro continued.

„Tyhle skvělí staříci,“ pokračoval Castro.

They were not composed entirely of flesh and blood.

Nebyli složeni výhradně z masa a krve.

They had shape," Castro insisted, confidently.

„Měli tvar,“ trval na svém Castro sebejistě.

And he had strange proof for what he believed.
A měl pro svou víru zvláštní důkaz.
But the shape they took on was not made of matter.
Ale tvar, který nabyly, nebyl tvořen hmotou.
When the stars were in their right positions.
Když hvězdy byly na svých správných místech.
Then they could plunge from one world to another.
Pak se mohli vrhnout z jednoho světa do druhého.
Because they can move themselves through the sky.
Protože se dokážou pohybovat po obloze.
But when the stars were wrong, they cannot live.
Ale když se hvězdy mýlily, nemohou žít.
And it is true that they no longer live like we do.
A je pravda, že už nežijí jako my.
But despite that, they never really die either.
Ale i přes to nikdy doopravdy neumírají.
They rest in stone houses in their great city of R'lyeh.
Odpočívají v kamenných domech ve svém velkém městě
R'lyeh .
They are preserved by the spells of mighty Cthulhu.
Jsou chráněni kouzly mocného Cthulhua.
So there they lie, unaffected by the passing of time.
Tak tam leží, nedotčené plynutím času.
And they wait for another glorious resurrection.
A čekají na další slavné vzkříšení.
When the stars and earth are ready for them again.
Až na ně budou hvězdy a země opět připraveny.
But they are still dependent on an outside force.
Ale stále jsou závislí na vnější síle.
A force from outside served to liberate their bodies.
Síla zvenčí posloužila k osvobození jejich těl.
The spells preserved them and kept them intact.
Kouzla je uchovala a udržela je nedotčené.
But the spells also kept them from breaking free.
Ale kouzla jim také zabránila v osvobození.
So they could only lie awake in the dark and think.
Takže mohli jen ležet vzhůru ve tmě a přemýšlet.

***

In the meantime uncounted millions of years rolled by.

Mezitím uplynuly nespočetné miliony let.

They knew all that was occurring in the universe.

Věděli všechno, co se ve vesmíru děje.

Because their mode of speech was transmitted thought.

Protože jejich způsob řeči byl přenášen myšlenkou.

Even now they were talking in their tombs.

I teď si povídali ve svých hrobkách.

Then, after infinities of chaos, the first men came.

Pak, po nekonečném chaosu, přišli první lidé.

The great old ones spoke to the sensitive among them.

Ti staří promlouvali k těm citlivým mezi nimi.

They spoke to them by molding their dreams.

Promlouvali k nim tím, že formovali jejich sny.

Only that way could their language reach the fleshly minds of mammals.

Jen tak mohl jejich jazyk dosáhnout tělesné mysli savců.

Then, whispered Castro, those first men formed the cult.

Pak, zašeptal Castro, ti první muži založili kult.

They organized themselves around small idols.

Organizovali se kolem malých idolů.

The small idols which the great ones had shown them.

Malé modly, které jim ukázali ti velcí.

Idols brought from dim eras from dark stars.

Idoly přinesené z temných dob z temných hvězd.

That cult would never die till the stars came right again.

Ten kult nikdy neumře, dokud se hvězdy znovu nevynoří.

The secret priests were going to take great Cthulhu from His tomb.

Tajní kněží se chystali vzít velkého Cthulhua z Jeho hrobky.

And they were going to revive His subjects.

A oni se chystali oživit Jeho poddané.

And then Cthulhu was going to resume His rule of earth.

A pak se Cthulhu chystal obnovit svou vládu nad Zemi.

The right time was going to reveal itself quite clearly.
Správný čas se měl ukázat zcela jasně.
At that time mankind will have become as the great old ones.
V té době se lidstvo stane jako ti velcí staří.
They will be free and wild and beyond good and evil.
Budou svobodní a divocí a za hranicemi dobra i zla.
Laws and morals are going to be thrown aside.
Zákony a morálka budou odhozeny stranou.
All men will be shouting and killing and reveling in joy.
Všichni muži budou křičet, zabíjet a radovat se.
Then the liberated old ones will teach them the new ways.
Pak je osvobození staří naučí novým způsobům.
New ways to shout and kill and revel and enjoy.
Nové způsoby, jak křičet, zabíjet, radovat se a užívat si.
And all the earth will flame with a holocaust of ecstasy and freedom.
A celá země bude vzplanout holocaustem extáze a svobody.
Meanwhile the cult had to practice the appropriate rites.
Mezitím musel kult praktikovat příslušné rituály.
They had to keep alive the memory of those ancient ways.
Museli si uchovat vzpomínku na ty starodávné způsoby.
And they had to shadow forth the prophecy of their return.
A museli naplňovat proroctví o svém návratu.
In the elder time chosen men spoke with the entombed Old Ones.
V dávných dobách hovořili vyvolení muži s pohřbenými Starými.
The entombed Old Ones spoke to them in their dreams.
Pohřbení Starověcí k nim promlouvali ve snech.
But then something disturbed their means of communication.
Ale pak něco narušilo jejich komunikační prostředky.
The great stone in the city R'lyeh had sunk beneath the waves.
Velký kámen ve městě R'lyeh se potopil pod vlnami.
And the monoliths and sepulchers were beneath the waters.

A monolity a hrobky byly pod vodou.
Deep waters full of the one primal mystery.
Hluboké vody plné jediného prvotního tajemství.
Waters through which not even thought can pass.
Vody, kterými ani myšlenka nemůže projít.
Water that cut off their spectral communication.
Voda, která přerušila jejich spektrální komunikaci.
But the memory of the rites and rituals never died.
Ale vzpomínka na obřady a rituály nikdy nezemřela.
And high priests said that the city would rise again.
A velekněží řekli, že město znovu povstane.
When the stars were right Cthulhu was going to return.
Až hvězdy budou mít pravdu, Cthulhu se vrátí.
The moldy black spirits of the earth will come out again.
Plesniví černí duchové země znovu vyjdou ven.
Shadowy black spirits full of dim rumors.
Temní černí duchové plní matných zvěstí.

***

The spirits collected in caverns beneath forgotten sea-bottoms.
Duchové se shromažďovali v jeskyních pod zapomenutým mořským dnem.
But of those spirits old Castro dared not speak much.
Ale o těch duchech se starý Castro neodvážil moc mluvit.
And he hurriedly cut himself off from the topic.
A spěšně se od tématu odřízl.
No amount of persuasion could elicit more in this direction.
Žádné přesvědčování by v tomto směru nemohlo vyvolat víc.
No subtlety could convince him to speak of those spirits.
Žádná jemnost ho nemohla přesvědčit, aby o těch duchech mluvil.
The size of the old ones, too, he curiously declined to mention.
Také o velikosti těch starých se kupodivu odmítl zmínit.
And of the cult he spoke very little too.

A o kultu mluvil také velmi málo.

He thought the center lay amid the pathless deserts of Arabia.

Myslel si, že střed leží uprostřed bezcesných arabských pouští.

There in Irem, the City of Pillars, dreams hidden and untouched.

Tam v Iremu, Městě pilířů, sny skryté a nedotčené.

This cult was not allied to the European witch-cult.

Tento kult nebyl spojen s evropským kultem čarodějnic.

And the cult was virtually unknown beyond its members.

A kult byl prakticky neznámý kromě svých členů.

No book had ever really hinted of their knowledge.

Žádná kniha nikdy ve skutečnosti nenaznačovala jejich znalosti.

Though the deathless Chinamen said the mad Arab Abdul Alhazred came close.

Ačkoli nesmrtelní Číňané tvrdili, že šílený Arab Abdul Alhazred se k tomu přiblížil.

He said that there were double meanings in his Necronomicon.

Řekl, že v jeho Necronomiconu jsou dvojí významy.

The initiated were free to read it if they wanted to.

Zasvěcení si ji mohli přečíst, pokud chtěli.

And they should pay attention to one couplet in particular.

A měli by věnovat pozornost zejména jednomu dvojverší.

"That which is not dead can sleep for eternity,"

"Co není mrtvé, může spát věčně."

"And with strange eons even death may die."

„A s podivnými věky může zemřít i smrt.“

Legrasse had been deeply impressed by what he heard.

Legrasse byl hluboce ohromen tím, co slyšel.

And he was not a little bewildered by the tale.

A ten příběh ho nemálo zmátl.

He inquired in vain about the historic affiliations of the cult.

Marně se vyptával na historickou příslušnost kultu.

Castro, apparently, had told the truth about the oath of secrecy.

Castro zjevně řekl pravdu o přísaze mlčenlivosti.
The authorities at Tulane University could not offer much help either.
Ani úřady na Tulanské univerzitě nemohly moc pomoci.
The were not able to shed no light upon neither cult, nor the image.
Nebyli schopni objasnit ani kult, ani sochu.
And now the detective had come to the highest authorities in the country.
A teď se detektiv dostal k nejvyšším autoritám v zemi.
And he heard none other than Professor Webb' tale in Greenland.
A neslyšel nic jiného než vyprávění profesora Webba v Grónsku.

***

Legrasse's tale aroused feverish interest at the meeting.
Legrasseův příběh vzbudil na schůzi horečný zájem.
The story was not only significant in its implications.
Příběh nebyl významný jen svými důsledky.
But the story was also corroborated by the statuette.
Ale příběh byl také potvrzen soškou.
The excitement echoed in the subsequent correspondence.
Nadšení se odráželo v následné korespondenci.
Those who attended stayed in close contact with each other.
Ti, kteří se zúčastnili, zůstali mezi sebou v úzkém kontaktu.
Although scant mention occurs in the formal publications.
Ačkoli se o tom ve formálních publikacích objevuje jen málo zmínek.
Caution is the first care of those accustomed to charlatanry.
Opatrnost je první věcí, na kterou se musí starat ti, kteří jsou zvyklí na šarlatánství.
Impostures are kept out as much as it is possible.
Podvody jsou co nejvíce bráněny.
Legrasse for some time lent the image to Professor Webb.
Legrasse na nějakou dobu zapůjčil obraz profesoru Webbovi.

But at the latter's death the image was returned to him.
Ale po jeho smrti mu byl obraz vrácen.
And the image remains in Legrasse's possession.
A obraz zůstává v Legrasseově držení.
This is where I viewed the terrible image not long ago.
Tady jsem nedávno viděl ten hrozný obrázek.
The image is unmistakably akin to Wilcox' dream-sculpture.
Obraz je nepochybně podobný Wilcoxově snové soše.
It was no wonder my uncle was so excited by his tale.
Není divu, že strýce jeho vyprávění tak nadchlo.
And I'm not surprised he made the efforts he made.
A nepřekvapuje mě, že vynaložil takové úsilí.
He had heard everything Legrasse knew of the cult.
Slyšel všechno, co Legrasse o kultu věděl.
And the strange cultish dreams of a sensitive young man.
A podivné kultovní sny citlivého mladého muže.
The bas-relief just like the one from the swamp.
Basreliéf přesně jako ten z bažiny.
The addition of the devil tablet in Greenland.
Přidání ďábelské desky v Grónsku.
The exact same words used in three remote occurrences.
Přesně stejná slova použitá ve třech vzdálených výskytech.
The Eskimo diabolists, the mongrels in Louisiana, and then
Wilcox.
Eskymáčtí ďábelové, kříženci v Louisianě a pak Wilcox.
What other conclusion could one possibly have come to?
K jakému jinému závěru by člověk asi mohl dojít?
It's only natural Professor Angel pursued this conclusion.
Je jen přirozené, že profesor Angel k tomuto závěru dospěl.
And I wouldn't have expected him to be less thorough.
A nečekal bych, že bude méně důkladný.
My great-uncle was a man of principled academic rigor.
Můj prastrýc byl muž s principiální akademickou důsledností.
Though privately I also had other plausible theories.
Ačkoli jsem v soukromí měl i jiné věrohodné teorie.
I suspected young Wilcox of having heard of the cult.
Podezříval jsem mladého Wilcoxe, že o kultu slyšel.

Maybe he had heard of the cult in some indirect way.
Možná o kultu slyšel nějakým nepřímým způsobem.
He could easily have invented a series of dreams.
Mohl si snadno vymyslet sérii snů.
That way he could heighten and continue the mystery.
Tak mohl umocnit a rozvinout záhadu.
The dream-narratives and cuttings collected did of course corroborate.
Sesbírané snové vyprávění a výstřižky to samozřejmě potvrdily.
But the rationalism of my mind had not yet been satisfied.
Ale racionalismus mé mysli ještě nebyl uspokojen.
Coincidences can form highly believable illusions too.
I náhody mohou vytvářet velmi věrohodné iluze.
And we have to bear in mind the extravagance of the whole subject.
A musíme mít na paměti extravaganci celého tématu.
So I was led to adopt what I thought the most sensible conclusions.
Tak jsem byl veden k přijetí toho, co jsem považoval za nejrozumnější závěry.
I thoroughly studied the manuscript from the beginning.
Rukopis jsem od začátku důkladně prostudoval.
And I correlated the theosophical and anthropological notes.
A propojil jsem teosofické a antropologické poznámky.
I compared the literature with the cult narrative of Legrasse.
Literaturu jsem porovnal s kultovním narativem Legrasse .
I made a trip to Providence to see the sculptor.
Vydal jsem se do Providence, abych se setkal se sochařem.
And I intended to give him the rebuke I thought proper.
A měl jsem v úmyslu ho pokárat tak, jak jsem považoval za vhodné.
There must be consequences, I felt, for the trick he played.
Cítil jsem, že za trik, který předvedl, musí nést následky.
He had boldly imposed himself upon a learned and aged man.
Odvážně se vnucoval učenému a starému muži.

Wilcox still lived alone where my uncle had met him.
Wilcox stále žil sám tam, kde se s ním setkal můj strýc.
In the Fleur-de-Lys Building in Thomas Street.
V budově Fleur-de-Lys na Thomas Street.
A hideous Victorian imitation of Seventeenth Century Breton architecture.
Ohavná viktoriánská napodobenina bretaňské architektury sedmnáctého století.
The building flaunted its stuccoed front amidst its surroundings.
Budova se chlubila svou štukovou fasádou uprostřed svého okolí.
There were lovely Colonial houses on the ancient hill.
Na starobylém kopci stály krásné koloniální domy.
And the house stood under the shadow of the finest Georgian steeple in America.
A dům stál ve stínu nejkrásnější georgiánské věže v Americe.
I found him at work in his rooms, among his sculptures.
Našel jsem ho při práci v jeho pokojích, mezi jeho sochami.
The specimens scattered came from a very unique mind.
Rozptýlené vzorky pocházely z velmi jedinečné mysli.
At once I conceded that his genius is indeed profound and authentic.
Okamžitě jsem uznal, že jeho genialita je vskutku hluboká a autentická.
He has crystallized in clay that which Arthur Machen evokes in prose.
Zhmotnil v hlíně to, co Arthur Machen evokuje v próze.
He mirrored in marble the nightmares Clark Ashton Smith put to canvas.
Zrcadlil v mramoru noční můry, které Clark Ashton Smith přenesl na plátno.
He will, I believe, be spoken of one day as one of the great decadents.

Věřím, že se o něm jednoho dne bude mluvit jako o jednom z velkých dekadentů.

He was dark, frail, and somewhat unkempt in aspect.

Byl tmavého vzhledu, křehký a poněkud neupravený.

He turned languidly at my knock on his door.

Líně se otočil, když jsem zaklepal na jeho dveře.

He didn't rise from his seat when I came in.

Když jsem vešel, nevstal ze svého místa.

And he asked me what the purpose of my visit was.

A zeptal se mě, jaký je účel mé návštěvy.

When I told him who I was his interest was piqued.

Když jsem mu řekl, kdo jsem, vzbudil to v něm zájem.

My uncle had excited his curiosity by probing his strange dreams.

Můj strýc vzbudil jeho zvědavost tím, že zkoumal jeho podivné sny.

Although he had never explained the reason for the study.

Ačkoli nikdy nevysvětlil důvod studie.

I did not enlarge his knowledge in this regard.

V tomto ohledu jsem jeho znalosti nerozšiřoval.

But I sought with some subtlety to gain his confidence.

Ale s jistou nenápadností jsem se snažil získat si jeho důvěru.

In a short time I became convinced of his absolute sincerity.

Za krátkou dobu jsem se přesvědčil o jeho naprosté upřímnosti.

He spoke of the dreams in a manner none could mistake.

Mluvil o snech způsobem, který si nikdo nemohl splést.

His dreams' subconscious residuum had influenced his art profoundly.

Podvědomé pozůstatky jeho snů hluboce ovlivnily jeho umění.

He showed me a morbid statue of the likes I had never seen before.

Ukázal mi morbidní sochu, jakou jsem ještě nikdy neviděl.

The statue's contours almost made me shake with fear.

Obrysy sochy mě málem roztřásly strachy.

The potency of the statue's black suggestion was overbearing.

Síla černého náznaku sochy byla přehnaná.

He could not recall having seen the original of this thing.

Nemohl si vzpomenout, že by kdy viděl originál téhle věci.

But the statue was inspired by his own dream bas-relief.

Socha se ale inspirovala jeho vlastním basreliéfem ze snu.

The outlines had formed themselves insensibly under his hands.

Obrysy se mu pod rukama nenápadně formovaly.

It was, no doubt, the giant shape he had raved of in delirium.

Byla to bezpochyby ta obří postava, o které tak blouznil v deliriu.

That he really knew nothing of the hidden cult he soon made clear.

Že o skrytém kultu doopravdy nic nevěděl, brzy objasnil.

Only my uncle's relentless catechism had given him some clues,

Jen neúnavný katechismus mého strýce mu dal nějaké vodítka,

And again I strove to explain the obvious conclusions away.

A znovu jsem se snažil vysvětlit zjevné závěry.

How he could possibly have received the weird impressions?

Jak mohl získat ty zvláštní dojmy?

He talked of his dreams in a strangely poetic fashion.

O svých snech mluvil podivně poetickým způsobem.

He made me see with terrible vividness the vistas of his dream.

S strašlivou živostí mi ukázal výhledy z jeho snu.

The damp Cyclopean city of slimy green stone.

Vlhké kyklopské město ze slizkého zeleného kamene.

The geometry he oddly said, was all wrong.

Kupodivu řekl, že geometrie je celá špatně.

And he spoke of what he heard with frightened expectancy.

A o tom, co slyšel, mluvil s vyděšeným očekáváním.

The ceaseless, half-mental calling from underground:
Neustálé, napůl mentální volání z podzemí:
"Cthulhu fhtagn... Cthulhu fhtagn"
„Cthulhu fhtagn ... Cthulhu fhtagn "
These words had formed part of that dreaded ritual.
Tato slova tvořila součást onoho obávaného rituálu.
The ritual the told of dead Cthulhu's dream-vigil.
Rituál vyprávěl o bdění ve snech mrtvého Cthulhua.
The ritual that told of his stone vault at R'lyeh.
Rituál, který vyprávěl o jeho kamenné hrobce v R'lyehu .
And I felt deeply moved, despite my rational beliefs.
A cítil jsem se hluboce dojatý, navzdory mému racionálnímu přesvědčení.
Wilcox, I was sure, had heard of the cult in some casual way.
Byl jsem si jistý, že Wilcox o kultu nějak zběžně slyšel.
He spent his time in a mass of equally weird literature.
Trávil čas v záplavě stejně podivné literatury.
He must have forgotten the source of his knowledge.
Musel zapomenout na zdroj svých znalostí.
Later the cult had found subconscious expression in his dreams.
Později se kult podvědomě projevil v jeho snech.
But this is natural when stories are so impressive.
Ale to je přirozené, když jsou příběhy tak působivé.
Finally the cult's ideas manifested themselves in the bas-relief.
Myšlenky kultu se nakonec projevily v basreliéfu.
And now the subject of the cult manifested itself in the terrible statue.
A nyní se předmět kultu projevil v oné hrozné soše.
I was convinced his imposture upon my uncle had been very innocent.
Byl jsem přesvědčen, že jeho podvod na mém strýci byl velmi nevinný.
He both slightly affected, and slightly ill-mannered.
Byl zároveň trochu afektovaný a trochu nevychovaný.
He had a disposition which I could never like.

Měl povahu, která se mi nikdy nemohla líbit.

But I was willing enough now to admit his genius.

Ale teď jsem byl natolik ochoten uznat jeho genialitu.

And I have no way of denying his honesty either.

A nemám jak popřít jeho upřímnost.

Despite my initial feelings, I took leave of him amicably.

Navzdory mým počátečním pocitům jsem se s ním přátelsky rozloučil.

And I wish him all the success his talent promises.

A přeji mu všechny úspěchy, které jeho talent slibuje.

***

The matter of the cult continued to fascinate me.

Téma kultu mě stále fascinovalo.

At times I had visions of the personal fame I could attain.

Občas jsem míval vize osobní slávy, které bych mohl dosáhnout.

I visited New Orleans and talked with Legrasse.

Navštívil jsem New Orleans a mluvil jsem s Legrassem .

And I spoke with other policemen of that swamp raid.

A mluvil jsem s dalšími policisty z té razie v bažině.

I saw the frightful image with my own eyes.

Ten děsivý obraz jsem viděl na vlastní oči.

And I even questioned some of the surviving mongrel prisoners.

A dokonce jsem vyslýchal i některé z přeživších vězňů-kříženců.

Old Castro, unfortunately, had been dead for some years.

Starý Castro byl bohužel už několik let mrtvý.

What I now heard so graphically at first hand excited me afresh.

To, co jsem teď tak názorně slyšel z první ruky, mě znovu nadchlo.

Though it was really no more than a detailed confirmation.

I když to ve skutečnosti nebylo nic víc než podrobné potvrzení.

What they told me I had already read in my uncle's notes.

To, co mi řekli, jsem si už přečetl v poznámkách svého strýce.

I felt sure that I was on the track of a very real secret.

Byl jsem si jistý, že jsem na stopě skutečného tajemství.

And I was sure I was going to discover a very ancient religion.

A byl jsem si jistý, že objevím velmi starobylé náboženství.

The discovery would make me an anthropologist of note.

Tento objev by ze mě udělal významného antropologa.

My attitude was still one of absolute rational materialism.

Můj postoj byl stále postoj absolutně racionálního materialismu.

And I wish my attitude to the subject matter had not changed.

A přál bych si, aby se můj postoj k danému tématu nezměnil.

I discounted with almost inexplicable perversity the coincidences.

S téměř nevysvětlitelnou zvráceností jsem náhody ignoroval.

The dream notes and odd cuttings collected by Professor Angell.

Poznámky ze snů a zvláštní výstřižky, které shromáždil profesor Angell.

One thing I began to doubt was the cause of my uncle's death.

Jedna věc, o které jsem začal pochybovat, byla příčina smrti mého strýce.

I began to suspect his death was far from natural.

Začínal jsem mít podezření, že jeho smrt zdaleka nebyla přirozená.

And I now fear I know my uncle's death was not natural.

A teď se bojím, že vím, že smrt mého strýce nebyla přirozená.

It was on a narrow hill street where he fell.

Bylo to na úzké ulici v kopci, kde spadl.

The street lead up from the ancient waterfront.

Ulice vedla od starobylého nábřeží.

The port-town swarms with foreign mongrels.

Přístavní město se hemží cizími kříženci.

He fell after a careless push from a negro sailor.

Spadl po neopatrném strčení od černošského námořníka.

I had not forgotten the mixed blood of the cult-members in Louisiana.

Nezapomněl jsem na míšenou krev členů kultu v Louisianě.

I had not forgotten the sailors in the voodoo orgy.

Nezapomněl jsem na námořníky z voodoo orgie.

And would not be surprised to learn that they had other knowledge too.

A nebyl by překvapen, kdyby zjistil, že mají i jiné znalosti.

Secret methods as anciently known as the cryptic rites.

Tajné metody, ve starověku známé jako kryptické rituály.

Poison needles as ruthless their demonic beliefs.

Jedovaté jehly stejně nemilosrdné jako jejich démonické přesvědčení.

Legrasse and his men, it is true, have been let alone.

Legrasse a jeho muži, pravda, byli ponecháni na pokoji.

But in Norway a certain seaman who saw things is dead.

Ale v Norsku zemřel jistý námořník, který viděl věci.

Might not sinister ears have picked up my uncle's interest in the sculptor?

Nemohlo by se stát, že zlověstné uši zachytily zájem mého strýce o sochaře?

Might not the deeper inquiries of my uncle have drawn someone's attention?

Nemohlo by hlubší zkoumání mého strýce upoutat něčí pozornost?

I think Professor Angell died because he knew too much.

Myslím, že profesor Angell zemřel, protože toho věděl příliš mnoho.

Or he died because he was likely to learn too much.

Nebo zemřel, protože se pravděpodobně dozvěděl příliš mnoho.

Whether I shall go out as he did remains to be seen.

Zda odejdu stejně jako on, se teprve uvidí.

Because I too have learned much about Cthulhu.

Protože i já jsem se o Cthulhu hodně dozvěděl.

The Madness from the Sea
Šílenství z moře

There is one great boon heaven could grant me.
Je jedno velké požehnání, které mi nebesa mohla udělit.
The total effacing of the results of a mere chance.
Úplné vymazání výsledků pouhé náhody.
I wish I had never seen that stray piece of paper.
Kéž bych ten zatoulaný kousek papíru nikdy neviděl.
My daily routine would normally not have taken me there.
Můj každodenní režim by mě tam normálně nezavedl.
On any other day I would not have noticed anything.
V kterýkoli jiný den bych si ničeho nevšiml.
It was an old number of an Australian journal.
Bylo to staré číslo australského časopisu.
The Sydney Bulletin for April 18, 1925
Sydneyský bulletin z 18. dubna 1925
The paper had even slipped past the cutting bureau.
Papír dokonce proklouzl kolem řezací kanceláře.
I had largely given over my inquiries to a friend.
Své dotazy jsem z velké části svěřil příteli.
He had taken on the work of most of the research.
Převzal většinu výzkumné práce.
He had come to refer to the group as the "Cthulhu Cult".
Začal tuto skupinu nazývat „kultem Cthulhu".
I was visiting my learned friend of Paterson, New Jersey.
Navštěvoval jsem svého učeného přítele v Patersonu v New Jersey.
The curator of a local museum, and a mineralogist of note.
Kurátor místního muzea a významný mineralog.
While at his museum I had access to the reserved specimens.
Během pobytu v jeho muzeu jsem měl přístup k rezervovaným exemplářům.
And this is when an odd picture caught my attention.
A tehdy mě zaujal jeden zvláštní obrázek.
Beneath one of the stones was the Sydney Bulletin I mentioned.

Pod jedním z kamenů byl zmíněný Sydneyský bulletin.

My friend has wide affiliations in all conceivable foreign lands.

Můj přítel má široké vazby ve všech myslitelných cizích zemích.

The picture was a half-tone cut of a hideous stone image.

Obrázek byl polotónový řez ohavné kamenné sochy.

Almost identical with the stone Legrasse had found in the swamp.

Téměř identický s kamenem, který Legrasse našel v bažině.

Eagerly I read the article for its precious contents.

Dychtivě jsem si článek přečetl kvůli jeho cennému obsahu.

But I was disappointed to find that it was just a short article.

Ale zklamalo mě, když jsem zjistil, že to byl jen krátký článek.

Although brief, the information was of portentous significance.

Ačkoli stručná, informace měla zásadní význam.

***

"MYSTERY DERELICT FOUND AT SEA"

"ZÁHADNÝ VRCH NALEZEN NA MOŘI"

Vigilant Arrives With Helpless Armed New Zealand Yacht in Tow.

Ostražitý dorazil s bezmocnou ozbrojenou novozélandskou jachtou v závěsu.

One Survivor and one Dead Man Found Aboard.

Na palubě nalezen jeden přeživší a jeden mrtvý muž.

Tale of Desperate Battle and Deaths at Sea.

Příběh zoufalé bitvy a úmrtí na moři.

Rescued Seaman Refuses Particulars of Strange Experience.

Zachráněný námořník odmítá podrobnosti o podivném zážitku.

Odd Idol Found in His Possession, Inquiry to Follow.

V jeho držení nalezena zvláštní modla, následuje vyšetřování.

The Alert of Dunedin yacht, N.Z., had been disabled in battle.

Jachta Alert z Dunedinu na Novém Zélandu byla v bitvě vyřazena z provozu.

Previously the ship had left from Valparaiso on March 25th.

Loď dříve vyplula z Valparaiso 25. března.

On April 2nd the ship was driven considerably south of her course.

2. dubna byla loď zahnána značně na jih od svého kurzu.

Exceptionally heavy storms had redirected the ship.

Mimořádně silné bouře loď přesměrovaly.

Monster waves forced the ship to take a different route.

Obrovské vlny donutily loď zvolit jinou trasu.

On April 12th the ship was sighted by another ship.

12. dubna byla loď spatřena jinou lodí.

Latitude 34° 21', Longitude 152° 17'

Zeměpisná šířka 34° 21', zeměpisná délka 152° 17'

Initially they thought the ship had been deserted.

Zpočátku si mysleli, že loď byla opuštěná.

But one still living man had been found on board.

Ale na palubě byl nalezen jeden stále živý muž.

This lone survivor was in a half-delirious condition.

Tento jediný přeživší byl v poloblouznicím.

The only other victim found was a man already dead a week.

Jedinou další nalezenou obětí byl muž, který byl už týden mrtvý.

Now the heavily armed steam yacht was being towed.

Nyní byla těžce vyzbrojená parní jachta tažena.

And this morning the ship was coming in to its wharf.

A dnes ráno loď vplouvala do svého mola.

The living man was clutching a horrible stone idol.

Živý muž svíral strašlivou kamennou modlu.

The stone idol was about a foot in height.

Kamenná modla byla asi stopu vysoká.

And the origins of the stone were completely unknown.

A původ kamene byl zcela neznámý.

Authorities at Sydney university were baffled.

Úřady na univerzitě v Sydney byly zmatené.

The Royal Society couldn't offer information about the idol.

Královská společnost nemohla poskytnout informace o idolu.

And the Museum in College street had no insights either.

Ani muzeum na College Street nemělo žádné postřehy.

The survivor says he found the stone in the cabin of the yacht.

Přeživší říká, že kámen našel v kajutě jachty.

Allegedly the idol was in a small carved shrine.

Údajně se modla nacházela v malé vyřezávané svatyni.

And the carvings of the shrine were of common pattern.

A řezby svatyně měly obecný vzor.

This man eventually recovered back to his senses.

Tento muž se nakonec vzpamatoval.

And he told an exceedingly strange story of piracy and slaughter.

A vyprávěl nesmírně podivný příběh o pirátství a masakrování.

He is Gustaf Johansen, a Norwegian of some intelligence.

Je to Gustaf Johansen, Nor s určitou inteligencí.

And he had been second mate of the two-masted schooner Emma of Auckland.

A byl druhým důstojníkem na dvoustěžňové škunerce Emma z Aucklandu.

The ship sailed for Callao February 20th, manned by eleven sailors.

Loď vyplula do Callaa 20. února s jedenácti námořníky.

The ship, he says, was delayed and thrown widely south of her course.

Loď, jak říká, se zpozdila a byla vržena daleko na jih od svého kurzu.

There was a great storm on March 1st, and on March 22nd.

1. března a 22. března byla velká bouře.

On their journey they encountered another ship.

Na své cestě narazili na jinou loď.

This was in S. Latitude 49° 51′, W. Longitude 128° 34′

Toto bylo na jižní šířce 49° 51′, západní délce 128° 34′

This ship was manned by a queer and evil-looking crew.

Tuto loď obsluhovala podivná a zlověstně vypadající posádka.

All the men were of Kanakas and half-castes.

Všichni muži byli Kanakové a míšenci.

Being ordered peremptorily to turn back, Capt. Collins refused.

Kapitán Collins dostal rázný rozkaz k návratu, ale odmítl.

Without warning the strange crew began to shoot savagely upon the schooner.

Bez varování začala cizí posádka zuřivě střílet na škuner.

They shot a peculiarly heavy battery of brass cannon.

Stříleli z podivně těžké baterie mosazných děl.

The men from his ship showed fighting spirit, says the survivor.

Muži z jeho lodi projevili bojovnost, říká přeživší.

The schooner began to sink from shots beneath the waterline.

Škuner se začal potápět od výstřelů pod čarou ponoru.

But they managed to heave alongside their enemy boat, and board her.

Ale podařilo se jim přiblížit k nepřátelské lodi a nalodit se na ni.

They grappled with the savage crew on the yacht's deck.

Zápasili s divokou posádkou na palubě jachty.

Their mode of fighting seemed to be strangely clumsy.

Jejich způsob boje se zdál být podivně neohrabaný.

But defeat did not seem to be an option for these savage men.

Ale porážka se pro tyto divoké muže nezdála být možností.

They had a particularly abhorrent and desperate way of fighting.

Měli obzvláště odporný a zoufalý způsob boje.

So they had no choice but to kill all men of the enemy ship.

Neměli tedy jinou možnost než zabít všechny muže z nepřátelské lodi.

Three of their men were also killed in the fight.

V boji byli zabiti i tři z jejich mužů.

Capt. Collins and First Mate Green were among the dead.

Mezi mrtvými byli kapitán Collins a první důstojník Green.

Second Mate Johansen took over control from First Mate Green.

Druhý důstojník Johansen převzal velení od prvního důstojníka Greena.

And the remaining eight men proceeded to navigate the captured yacht.

A zbývajících osm mužů pokračovalo v navigaci ukořistěné jachty.

They proceeded to continue in the original direction they were going.

Pokračovali v původním směru, kterým se vydali.

To see if there had been any reason they were ordered to turn around.

Aby zjistili, zda existuje nějaký důvod, proč jim bylo nařízeno se otočit.

***

The next day, it appears, they landed on a small island.

Zdá se, že následujícího dne přistáli na malém ostrově.

Although no island is known to exist in that part of the ocean.

Ačkoli není známo, že by v této části oceánu existoval žádný ostrov.

Six of the men somehow died ashore while on the island.

Šest mužů nějakým způsobem zemřelo na břehu ostrova.

Though Johansen is queerly reticent about this part of his story.

Ačkoli je Johansen ohledně této části svého příběhu podivně zdrženlivý.

And he speaks only of their falling into a rock chasm.

A mluví pouze o jejich pádu do skalní propasti.

Later, it seems, he and one companion boarded the yacht.

Později, jak se zdá, on a jeden společník nastoupili na jachtu.

Together they tried to sail the ship, undermanned.

Společně se pokusili řídit loď s nedostatkem posádky.

But they were beaten about by the storm of April 2nd.

Ale byli sraženi bouří 2. dubna.
From that time till his rescue on the 12th, the man remembers little.
Od té doby až do své záchrany 12. si muž pamatuje jen málo.
And he does not even recall when William Briden, his companion, died.
A ani si nepamatuje, kdy zemřel William Briden, jeho společník.
Autopsy could reveal no obvious cause to Briden's death.
Pitva neodhalila žádnou zjevnou příčinu Bridenovy smrti.
The most likely cause of death is exposure to the elements.
Nejpravděpodobnější příčinou úmrtí je vystavení živlům.
The Dunedin reported that their boat, the Alert, was well known.
Dunedinové uvedli, že jejich loď Alert je dobře známá.
The island traders bore an evil reputation along the waterfront.
Ostrovní obchodníci měli podél pobřeží špatnou pověst.
The ship was owned by a curious group of half-castes.
Loď vlastnila zvláštní skupina míšenců.
Frequent meetings and night trips to the woods attracted curiosity.
Častá setkání a noční výlety do lesů přitahovaly zvědavost.
The ship had set sail in great haste on March 1st.
Loď vyplula ve velkém spěchu 1. března.
Just after the storm, and the earth tremors that night.
Těsně po bouři a otřesech země té noci.
Our Auckland correspondent gives the Emma excellent reputation.
Náš aucklandský zpravodaj dává Emmě vynikající pověst.
The Crew from the Emma were held very in high regard.
Posádka z lodi Emma si těšila velké úctě.
And Johansen is described as a sober and worthy man.
A Johansen je popisován jako střízlivý a čestný muž.
The admiralty will institute an inquiry on the whole matter.
Admiralita zahájí v celé záležitosti vyšetřování.
Starting tomorrow they will collect all relevant information.

Od zítřka budou shromažďovat veškeré relevantní informace.

Every effort will be made to induce Johansen to speak.

Bude vynaloženo veškeré úsilí, aby se Johansen přiměl promluvit.

This and the hellish image were all the information I had to go on.

Tohle a ten pekelný obraz byly všechny informace, ze kterých jsem se mohl vycházet.

But what a train of ideas that little information started in my mind!

Ale jaký proud myšlenek mi ta malá informace v hlavě spustila!

Here were new treasuries of data on the Cthulhu Cult.

Zde se nacházely nové pokladnice dat o kultu Cthulhu.

The cult not only had interests on land.

Kult neměl zájmy jen na souši.

Now there was evidence they also had connections to the sea.

Nyní existovaly důkazy, že měli také spojení s mořem.

What motive prompted the hybrid crew to order back the Emma?

Jaký motiv vedl hybridní posádku k tomu, aby si objednala zpět Emmu?

Why did they sail about with their hideous idol?

Proč se plavili se svou ohavnou modlou?

What was the unknown island on which six of the Emma's crew had died?

Co byl ten neznámý ostrov, na kterém zahynulo šest členů posádky lodi Emma?

And why was Johansen so secretive about their death?

A proč Johansen jejich smrt tak tajil?

What had the vice-admiralty's investigation brought out?

Co odhalilo vyšetřování viceadmirality?

And what was known of the noxious cult in Dunedin?

A co se vědělo o tom škodlivém kultu v Dunedinu?

Nor could one help but marvel at the timing of the events.

Člověk se nemohl ubránit obdivu nad načasováním událostí.

There was a deep and more than natural linkage between the dates.

Mezi daty existovalo hluboké a více než přirozené spojení.

A malign and now undeniable significance to the various turns of events.

Zlovolný a nyní nepopiratelný význam pro různé zvraty událostí.

***

My uncle had noted with great care the connecting events.

Můj strýc si s velkou pečlivostí zaznamenal všechny události, které je spojovaly.

On March 1st the earthquake and storm had come.

Prvního března přišlo zemětřesení a bouře.

February 28th, according to the International Date Line.

28. února podle mezinárodní datové hranice.

From Dunedin the noisome crew of the Alert darted eagerly forth.

Z Dunedinu se hlučná posádka lodi Alert dychtivě vyřítila vpřed.

They moved as if they had been imperiously summoned.

Pohybovali se, jako by byli panovačně přivoláni.

On the other side of the earth the other events unfolded.

Na druhé straně Země se odehrály další události.

Poets and artists had begun to have their strange dreams.

Básníci a umělci začali mít své podivné sny.

Dreams of a dank Cyclopean city from times long gone.

Sny o vlhkém kyklopském městě z dávno minulých dob.

A young sculptor was persuaded by these dreams too.

I jednoho mladého sochaře tyto sny přesvědčily.

In his sleep he molded the form of the dreaded Cthulhu.

Ve spánku utvářel podobu obávaného Cthulhua.

On March 23rd the crew of the Emma landed on an unknown island.

23. března posádka lodi Emma přistála na neznámém ostrově.

There on that island they left six men dead.

Tam na tom ostrově zanechali šest mrtvých mužů.

On that date the dreams of sensitive men assumed a heightened vividness.

Toho dne nabývaly sny citlivých mužů zvýšené živosti.

Their dreams darkened with dread of a giant monster's malign pursuit.

Jejich sny se zatemnily hrůzou ze zlomyslného pronásledování obřího monstra.

One architect went mad from his dreams that night.

Jeden architekt se té noci ze svých snů zbláznil.

And a sculptor had lapsed suddenly into delirium!

A sochař náhle upadl do deliria!

And then there was the storm of April 2nd.

A pak tu byla bouře druhého dubna.

The date on which all dreams of the dank city ceased.

Datum, kdy všechny sny o vlhkém městě skončily.

Wilcox emerged unharmed from the bondage of strange fever.

Wilcox vyvázl bez úhony z otroctví podivné horečky.

And everything appeared to be normal again.

A všechno se zdálo být zase normální.

But what about the hints old Castro had suggested?

Ale co náznaky, které navrhl starý Castro?

What about the sunken, star-born old ones?

A co ti potopení, hvězdami zrození staří?

What about their promised return and coming reign?

A co jejich slíbený návrat a nadcházející vláda?

What about their faithful cult and their mastery of dreams?

A co jejich věrný kult a jejich mistrovství v ovládnutí snů?

Was I tottering on the brink of cosmic horrors?

Potácel jsem se na pokraji kosmických hrůz?

Cosmic horrors far beyond man's power to bear?

Kosmické hrůzy, které jsou daleko za lidskými silami?

If so, they must be horrors of the mind alone.

Pokud ano, musí to být hrůzy pouze mysli.

On the second of April there was sudden coordinated calm.

Druhého dubna nastal náhlý koordinovaný klid.

The monstrous menace that sieged mankind's soul had vanished.

Obrovská hrozba, která obléhala lidskou duši, zmizela.

That evening I made all necessary arrangements for onwards travel.

Ten večer jsem zařídil všechny potřebné kroky k další cestě.

I bade my host adieu and took a train for San Francisco.

Rozloučil jsem se s hostitelem a jel vlakem do San Francisca.

***

In less than a month I was at the port of Dunedin.

Za necelý měsíc jsem byl v přístavu Dunedin.

Here, however, my investigation stumbled slightly.

Zde však mé pátrání trochu zakoplo.

I inquired in the old sea taverns where the men had lingered.

Ptal jsem se ve starých námořních hostincích, kde se muži zdržovali.

But little was known of the strange cult members.

O podivných členech kultu se ale vědělo jen málo.

Waterfront scum was far too common for special mention.

Nábřežní špína byla příliš běžná na to, aby se o ní speciálně zmiňovalo.

But there was vague talk about one inland trip these mongrels had made.

Ale mlhavě se mluvilo o jedné cestě do vnitrozemí, kterou tito kříženci podnikli.

Faint drumming and red flames were noted on the distant hills.

Na vzdálených kopcích bylo slyšet slabé bubnování a rudé plameny.

In Auckland I learned only a little more of Johansen.

V Aucklandu jsem se o Johansenovi dozvěděl jen o trochu víc.

He had been taken to Sydney for the investigation.

Byl převezen do Sydney k vyšetřování.

A perfunctory and inconclusive questioning turned his hair white.

Povrchní a neprůkazné dotazování mu zbělelo vlasy.

Thereafter he sold his cottage in West Street.

Poté prodal svůj domek na West Street.

And he sailed with his wife to his old home in Oslo.

A s manželkou se plavil do svého starého domova v Oslu.

His experience had clearly stirred him deeply.

Jeho zkušenost ho evidentně hluboce zasáhla.

But he told his friends no more than he had told the admiralty officials.

Ale svým přátelům neřekl o nic víc, než řekl úředníkům admirality.

And all they could do was to give me his Oslo address.

A jediné, co mohli udělat, bylo dát mi jeho adresu v Oslu.

After that I went to Sydney and talked profitlessly with seamen.

Potom jsem jel do Sydney a bezvýsledně jsem hovořil s námořníky.

Members of the vice-admiralty court could not enlighten me either.

Ani členové viceadmirálního soudu mi to nedokázali vysvětlit.

I tracked the Alert down to Circular Quay in Sydney Cove.

Sledoval jsem Alert až k Circular Quay v Sydney Cove.

The ship had been sold and was again in commercial use.

Loď byla prodána a opět se používala komerčně.

But I could gain no further clues from the ship's cargo.

Ale z nákladu lodi jsem nemohl získat žádné další vodítka.

The image was preserved in the Museum at Hyde Park.

Obraz byl uchován v muzeu v Hyde Parku.

The cuttlefish head, dragon body, and scaly wings.

Hlava sépie, tělo draka a šupinatá křídla.

The monster crouching atop the hieroglyphed pedestal.

Monstrum dřepící na vrcholu hieroglyfického podstavce.

I studied every detail of the idol long and well.

Dlouho a dobře jsem studoval každý detail idolu.

The relic was a thing of balefully exquisite workmanship.

Relikvie byla předmětem zlověstně vynikajícího zpracování.

I couldn't help but notice the similarity to Legrasse's smaller specimen.

Nemohl jsem si nevšimnout podobnosti s menším exemplářem od Legrasse .

Both idols had the same utter mystery and terrible antiquity.

Obě modly měly stejnou naprostou tajemnost a děsivou starobylost.

And both idols had the same unearthly strangeness of material.

A oba idoly měly stejnou nadpozemskou zvláštnost materiálu.

Geologists, the curator told me, had found it a monstrous puzzle.

Geologové, řekl mi kurátor, to shledali jako obrovskou záhadu.

They insisted that the world held no rock like this one.

Trvali na tom, že na světě není žádná taková skála.

Then I thought with a shudder of what old Castro had told Legrasse.

Pak jsem si s hrůzou vzpomněl na to, co starý Castro řekl Legrasseovi .

The tale of the primal great ones, sunken under the sea.

Příběh o pradávných velikánech, potopených pod hladinou moře.

"They had come from the stars."

„Přišli z hvězd.“

"They had brought their images with them."

„Přinesli si s sebou své obrazy.“

I was shaken with a mental revolution as I had never before known.

Otřásla mnou duševní revoluce, jakou jsem dosud nezažil.

I was now completely resolved to visit Mate Johansen in Oslo.

Byl jsem nyní pevně odhodlán navštívit Mateho Johansena v Oslu.

Sailing for London, I re-embarked at once for the Norwegian capital.

Odplul jsem do Londýna a ihned jsem se znovu nalodil na loď, která mířila do norského hlavního města.

And one autumn day I landed at the wharves.

A jednoho podzimního dne jsem přistál na molu.

***

Johansen's hometown was in the shadow of the Egeberg.

Johansenovo rodné město leželo ve stínu Egebergu.

I discovered he lived in the Old Town of King Harold Haardrada.

Zjistil jsem, že žil ve Starém Městě krále Harolda Haardrady.

For centuries the greater city had masqueraded as "Christiania".

Po staletí se větší město maskovalo jako „Christiania".

King Harald Hardrada kept alive the name of Oslo.

Král Harald Hardrada udržoval při životě jméno Oslo.

I made the brief trip to his residences by taxicab.

Krátkou cestu k jeho rezidenci jsem podnikl taxíkem.

A neat and ancient building with plastered front.

Úhledná a starobylá budova s omítnutou fasádou.

And I knocked with palpitant heart at the door.

A s tlukoucím srdcem jsem zaklepal na dveře.

A sad-faced woman in black answered my summons.

Na mé zavolání odpověděla smutná žena v černém.

I was stung with disappointment at the sight.

Z toho pohledu mě zachvátilo zklamání.

She told me in halting English that Gustaf Johansen was no more.

Řekla mi lámanou angličtinou, že Gustaf Johansen už není.

He had not long survived his return, said his wife.

Jeho návratu se dlouho nepřežil, řekla jeho žena.

The doings at sea in 1925 had broken him.

Děj na moři v roce 1925 ho zlomil.

He had told her no more than he had told the public.

Neřekl jí o nic víc, než řekl veřejnosti.

But he had left a long manuscript of "technical matters".

Ale zanechal po sobě dlouhý rukopis „technických záležitostí".

These notes of the voyage had been written in English.

Tyto poznámky z plavby byly napsány v angličtině.

Evidently in order to safeguard her from the peril of casual perusal.

Zjevně proto, aby ji ochránil před nebezpečím letmého prozkoumání.

He had gone for a walk through a narrow lane near the Gothenburg dock.

Šel se projít úzkou uličkou poblíž göteborského doku.

A bundle of papers falling from an attic window had knocked him down.

Srazil ho k zemi balík papírů, který vypadl z okna na půdě.

Two Lascar sailors at once helped him to his feet.

Dva lascarští námořníci mu okamžitě pomohli na nohy.

But before the ambulance could reach him he was dead.

Než k němu ale dorazila sanitka, byl mrtvý.

The physicians found no adequate cause for his death.

Lékaři nenašli žádnou dostatečnou příčinu jeho smrti.

They mostly attributed his death to heart trouble.

Jeho smrt připisovali většinou srdečním problémům.

But they added his weakened constitution most likely contributed.

Dodali však, že k tomu s největší pravděpodobností přispěla jeho oslabená konstituce.

I now felt a deep gnawing at my vitals.

Teď jsem cítil hluboké hlodání ve svých životních orgánech.

A dark terror which will never leave me till I, too, am at rest.

Temná hrůza, která mě nikdy neopustí, dokud i já nebudu v klidu.

Whether my death will come "accidentally" or not I can't tell.

Zda moje smrt přijde „náhodou" nebo ne, to nedokážu říct.

I spoke to the widow about her husband's work.

Mluvil jsem s vdovou o práci jejího manžela.

And I persuaded her I had a "technical" connection to him.
A já ji přesvědčil, že s ním mám „technické" spojení.
So she felt I was sufficiently entitled to the manuscript.
Takže měla pocit, že mám na rukopis dostatečný nárok.
And so I attained the dead man's writing.
A tak jsem se dostal k písmu mrtvého muže.
I began to read the documents on the boat to London.
Začal jsem číst dokumenty na lodi do Londýna.
They were little more than simple, rambling notes.
Nebyly to nic víc než jednoduché, nesouvislé poznámky.
A naive sailor's effort at a post-facto diary.
Naivní námořník se pokouší napsat deník po napsání.
He strove to recall that last awful voyage day by day.
Snažil se den za dnem vzpomínat na tu poslední hroznou plavbu.
I cannot attempt to transcribe his notes verbatim.
Nemohu se pokusit doslovně přepsat jeho poznámky.
The manuscript is clouded with vagueness and redundance.
Rukopis je zahalen vágností a nadbytečností.
But I will tell the gist of what he wrote.
Ale sdělím vám podstatu toho, co napsal.
Perhaps then you will understand why I stuffed my ears with cotton.
Možná pak pochopíš, proč jsem si uši cpal vatou.
The sound of the water against the vessel's sides became unendurable.
Zvuk vody narážející o boky lodi se stal nesnesitelným.

***

Johansen, thank God, did not quite know what he had seen.
Johansen, díky Bohu, přesně nevěděl, co viděl.
But it is evident he had seen the city and the Thing.
Ale je evidentní, že viděl město i Věc.
I shall never sleep calmly again when I think of the horrors.
Už nikdy nebudu klidně spát, když si vzpomenu na ty hrůzy.

The horrors that lurk ceaselessly behind life in time and space.

Hrůzy, které se neustále skrývají za životem v čase a prostoru.

Those unhallowed blasphemies that come from elder stars.

Ty nesvaté rouhání, které pocházejí ze starších hvězd.

Dreamers beneath the sea known only by a nightmare cult.

Snílci pod mořem známí jen kultu nočních můr.

A cult ready and eager to release these monsters into the world.

Kult připravený a dychtivý vypustit tato monstra do světa.

Whenever another earthquake raises their monstrous stone city again.

Kdykoli další zemětřesení znovu vyzdvihne jejich obludné kamenné město.

When Cthulhu is under the light of the sun once more.

Až se Cthulhu znovu ocitne ve světle slunce.

Johansen's voyage had begun just as he told it to the vice-admiralty.

Johansenova plavba začala přesně tak, jak ji vyprávěl viceadmiralitě.

The Emma, in ballast, had cleared Auckland on February 20th.

Emma s balastem opustila Auckland 20. února.

The ship had felt the full force of that earthquake-born tempest.

Loď pocítila plnou sílu té bouře zplozené zemětřesením.

The horrors from the sea-bottom that filled men's dreams.

Hrůzy z mořského dna, které naplňovaly mužské sny.

Once under control again the ship was making good progress.

Jakmile byla loď opět pod kontrolou, dosahovala dobrého pokroku.

But then the ship was held up by the Alert on March 22nd.

Ale pak byla loď 22. března zadržena lodní společností Alert.

I could feel the mate's regret as he wrote of her bombardment and sinking.

Cítil jsem lítost prvního důstojníka, když psal o jejím
bombardování a potopení.

**Of the swarthy cult-fiends on the other boat he speaks with
horror.**

O snědých kultovních démonech na druhé lodi mluví s
hrůzou.

There was some peculiarly abominable quality about them.

Byla na nich nějaká zvláštně ohavná vlastnost.

Something made their destruction seem almost a duty.

Něco způsobovalo, že jejich zničení se zdálo téměř jako
povinnost.

**This point was brought up during the proceedings of the
court of inquiry.**

Tato otázka byla vznesena během jednání vyšetřovacího
soudu.

**Johansen shows ingenuous wonder at the accusation of
ruthlessness.**

Johansen projevuje naivní úžas nad obviněním z
bezohlednosti.

Curiosity is what drove the men on in their captured yacht.

Zvědavost byla to, co hnalo muže v jejich ukořistěné jachtě
dál.

Sticking out of the sea the men sighted a great stone pillar.

Muži spatřili z moře velký kamenný sloup.

**In South Latitude 47° 9', West Longitude 126° 43' they come
upon a coastline.**

Na 47° 9' jižní šířky a 126° 43' západní délky narazí na pobřeží.

**The coastline was of mingled mud, ooze, and weedy
Cyclopean masonry.**

Pobřeží tvořilo smíšené bahno, sliz a zarostlé kyklopské zdivo.

**Nothing less than the tangible substance of earth's supreme
terror.**

Nic menšího než hmatatelná podstata nejvyššího pozemského
teroru.

They had come across the nightmare corpse-city of R'lyeh.

Narazili na noční můru zvanou město mrtvol R'lyeh .

A city built in measureless eons behind history.

Město budované v nekonečných věcích za historií.
Monuments to vast loathsome shapes that seeped down from the dark stars.
Pomníky obrovských odporných tvarů, které prosakovaly z temných hvězd.
There lay great Cthulhu and his hordes for incalculable cycles.
Tam ležel velký Cthulhu a jeho hordy po nespočetné cykly.
Hidden in green slimy vaults, they sent out their thoughts.
Skrytí v zelených slizkých klenbách vysílali své myšlenky.
The thoughts that spread fear to the dreams of the sensitive.
Myšlenky, které šíří strach do snů citlivých.
The thoughts that called imperiously to the faithful.
Myšlenky, které panovačně volaly k věřícím.
"Come on a pilgrimage of liberation and restoration."
"Vydejte se na pouť osvobození a obnovy."
All this horror Johansen had no way of suspecting.
O všech těchto hrůzách Johansen neměl ani ponětí.
But God knows he had soon seen enough!
Ale Bůh ví, že toho brzy viděl dost!
I suppose what they saw was only a single mountain-top.
Předpokládám, že viděli jen jediný vrchol hory.
Soon the rest of the city emerged from the waters.
Zbytek města se brzy vynořil z vody.
The hideous monolith-crowned citadel where great Cthulhu was buried.
Ohavná citadela s monolitem, kde byl pohřben velký Cthulhu.
I shudder to think of all that may be brooding down there.
Otřásám se při pomyšlení na to všechno, co se tam dole může dít.
And I almost wish to kill myself to stop these thoughts.
A skoro bych se chtěl zabít, abych těmto myšlenkám zabránil.

***

Johansen and his men were awed by the cosmic majesty.
Johansen a jeho muži byli ohromeni kosmickou majestátností.

They beheld the sight of this dripping Babylon of elder demons.

Spatřili tento mokrý Babylon starších démonů.

They must have guessed without guidance what it was they saw.

Museli bez vedení uhodnout, co viděli.

What they saw was nothing of this or of any sane planet.

To, co viděli, nebylo nic z této ani z žádné jiné rozumné planety.

The unbelievable size of the greenish stone blocks.

Neuvěřitelná velikost nazelenalých kamenných bloků.

The dizzying height of the great carven monolith.

Závratná výška velkého vytesaného monolitu.

And then there was the bas-reliefs found on the captured ship.

A pak tu byly basreliéfy nalezené na zajaté lodi.

The colossal statues mirrored the scene on the carvings.

Kolosální sochy zrcadlily scénu na rytinách.

Johansen achieved something very close to futurism.

Johansen dosáhl něčeho velmi blízkého futurismu.

Because he did not describe any definite structure or building.

Protože nepopsal žádnou konkrétní strukturu ani budovu.

He dwelled on the broad impressions of vast angles and stone surfaces.

Zabýval se širokými otisky rozlehlých úhlů a kamenných povrchů.

Surfaces too great to belong to anything right or proper for this earth.

Povrchy příliš velké na to, aby patřily k čemukoli správnému nebo vhodnému pro tuto Zemi.

Surfaces impious with horrible images and hieroglyphs.

Povrchy bezbožné s hroznými obrazy a hieroglyfy.

There is a reason I mention his talk about angles.

Existuje důvod, proč zmiňuji jeho přednášku o úhlech.

It reminds me of something Wilcox had told me of his awful dreams.

Připomíná mi to něco, co mi Wilcox vyprávěl o svých hrozných snech.

He had said that the geometry of the dream-place he saw was abnormal.

Řekl, že geometrie snového místa, které viděl, byla abnormální.

Non-Euclidean spheres unlike anything here on earth.

Neeuklidovské sféry, nepodobné ničemu tady na Zemi.

Loathsomely redolent dimensions completely unlike ours.

Odporně páchnoucí dimenze, zcela odlišné od těch našich.

Now a seaman was describing the exact same thing.

Nyní jeden námořník popisoval přesně totéž.

They bad both had the same terrible glimpse of this reality.

Oba zažili stejnou hroznou ukázku této reality.

Johansen and his men landed at a sloping mud-bank.

Johansen a jeho muži přistáli na svažitém bahenním náspu.

And they looked up at this monstrous Acropolis.

A vzhlédli k této obludné Akropoli.

They clambered slippery up over titan oozy blocks.

Šplhali kluzce po titánských bahnitých blokech.

Blocks which could have been no mortal staircase.

Bloky, které by ani nemohly být smrtelným schodištěm.

The very sun of heaven seemed distorted in this mist.

Samotné nebeské slunce se v této mlze zdálo být zkreslené.

A polarizing miasma welling out from this sea-soaked perversion.

Z této mořem nasáklé perverze tryskající polarizující miasma.

Twisted menace and suspense lurked in those elusive rocks.

V těch nepolapitelných skalách číhala zvrácená hrozba a napětí.

A second glance showed concavity where the first showed convexity.

Druhý pohled ukázal konkávnost tam, kde první ukázal konvexnost.

Something very like fright had come over all the explorers.

Všechny průzkumníky zachvátil pocit velmi podobného strachu.

Each man would have fled had he not feared the scorn of the others.

Každý z mužů by uprchl, kdyby se nebál opovržení ostatních.

And it was only half-heartedly that they vainly searched.

A marně hledali jen napůl.

They were looking for some portable souvenir to bear away.

Hledali nějaký přenosný suvenýr, který by si mohli odnést s sebou.

It was Rodriguez, the Portuguese, who climbed up the foot of the monolith.

Byl to Portugalec Rodriguez, kdo vylezl na úpatí monolitu.

From there he shouted of what he had found.

Odtud křičel o tom, co našel.

The rest followed him to the foot of the monolith.

Zbytek ho následoval k úpatí monolitu.

They looked curiously at the immense door in front of them.

Zvědavě se podívali na obrovské dveře před sebou.

The now familiar squid-dragon was carved on the door.

Na dveřích byl vyřezán dnes již známý drak-oliheň.

It was, Johansen said, like a great barn-door.

Bylo to, řekl Johansen, jako obrovské dveře od stodoly.

Although they said it only gave the impression of a door.

I když říkali, že to jen vyvolávalo dojem dveří.

They could not decide if the door lay flat like a trap-door.

Nedokázali se rozhodnout, jestli dveře ležely naplocho jako padací dveře.

Or maybe the opening was slanted like an outside cellar-door.

Nebo byl otvor možná šikmý jako venkovní dveře do sklepa.

As Wilcox would have said, the geometry of the place was all wrong.

Jak by řekl Wilcox, geometrie místa byla úplně špatně.

One could not be sure that the sea and the ground were horizontal.

Člověk si nemohl být jistý, zda moře a zem jsou vodorovné.

Hence the relative position of everything else seemed phantasmally variable.

Proto se relativní poloha všeho ostatního zdála být fantasticky proměnlivá.

Briden pushed at the stone in several places, without result.

Briden na několik míst tlačil na kámen, ale bez výsledku.

Then Donovan felt delicately over around the edge of the door.

Pak Donovan jemně nahmatal okraj dveří.

He climbed interminably along the grotesque stone molding.

Nekonečně stoupal po groteskní kamenné římse.

Although, if you could really call it climbing is debatable.

I když, jestli se to dá vůbec nazvat lezením, je to diskutabilní.

Perhaps the door was more horizontal than vertical.

Možná byly dveře spíše vodorovné než svislé.

And the men wondered how any door in the universe could be so vast.

A muži se divili, jak mohou být jakékoli dveře ve vesmíru tak obrovské.

Then, very softly and slowly, something began to happen.

Pak se velmi tiše a pomalu začalo něco dít.

The acre-great panel began to give inward at the top.

Panel o rozloze akru se nahoře začal prohýbat dovnitř.

And they saw that the door had balanced itself.

A viděli, že se dveře samy vyrovnaly.

***

Donovan somehow propelled himself back along the jamb.

Donovan se nějakým způsobem podařilo posunout zpět po zárubni.

And everyone watched the queer recession of the monstrously carven portal.

A všichni sledovali podivné zavírání obludně vyřezávaného portálu.

In this fantasy of prismatic distortion it moved anomalously in a diagonal way.

V této fantazii prizmatické deformace se anomálně pohyboval diagonálně.

All the rules of matter and perspective seemed confused.

Všechna pravidla hmoty a perspektivy se zdála být zmatená.

The aperture was black with a darkness almost material.

Otvor byl černý, tmavá, téměř hmotná.

That tenebrousness was indeed a positive quality.

Ta pochmurnost byla vskutku pozitivní vlastností.

The men were spared from seeing the inner walls.

Muži byli ušetřeni pohledu na vnitřní zdi.

The darkness burst forth like smoke from its eon-long imprisonment.

Tma vytryskla jako dým ze svého věčně trvajícího vězení.

The sun was visibly darkened by flapping membranous wings.

Slunce bylo viditelně potemnělé máváním blanitých křídel.

And the shadow slunk away into the shrunken and gibbous sky.

A stín se plížil pryč do scvrklé a vypouklé oblohy.

The odor arising from the newly opened depths was intolerable.

Zápach linoucí se z nově otevřených hlubin byl nesnesitelný.

The quick-eared Hawkins thought he heard a nasty, slopping sound.

Hawkinsovi s bystrým uchem se zdálo, že slyší ošklivý, čvachtavý zvuk.

His ears were confirmed when It lumbered slobberingly into sight.

Jeho uši se potvrdily, když se to slintavě vloudilo do dohledu.

Its gelatinous green immensity groped through the black hall.

Jeho želatinová zelená nesmírnost tápala černou halou.

And Its ooze and smell squeezed through the angled door.

A jeho sliz a zápach se protlačovaly šikmými dveřmi.

The Thing went into the tainted air of that poison city of madness.

Věc se vmísila do zamořeného vzduchu toho jedovatého
města šílenství.
**Poor Johansen's handwriting almost gave out when he wrote
of this.**
Chudák Johansen málem ztratil na vědomí, když o tom psal.
**He thinks two men perished of pure fright in that accursed
instant.**
Myslí si, že v tom prokletém okamžiku zemřeli dva muži
pouhým strachem.
The Thing cannot be described with our language.
Věc se nedá popsat naším jazykem.
**There are no words for such abysms of shrieking and
immemorial lunacy.**
Pro takové propasti ječení a nepamětihodného šílenství
neexistují slova.
Eldritch contradictions of all matter, force, and cosmic order.
Tajemné rozpory veškeré hmoty, síly a kosmického řádu.
A mountain that walked and stumbled on the earth. God!
Hora, která chodila a klopýtala po zemi. Bože!
No wonder that across the earth a great architect went mad.
Není divu, že se na druhé straně světa jeden velký architekt
zbláznil.
**No wonder poor Wilcox raved with fever in that telepathic
instant.**
Není divu, že chudák Wilcox v tom telepatickém okamžiku
zuřil horečkou.
The green, sticky spawn of the stars, was walking the earth.
Zelený, lepkavý potomek hvězd kráčel po zemi.
The Thing of the idols had awaked to claim his own.
Věc idolů se probudila, aby si nárokovala své.
The stars were aligned again, as was predicted.
Hvězdy se opět sešly do správného směru, jak se
předpokládalo.
An age-old cult had failed in their duties.
Prastarý kult selhal ve svých povinnostech.
**And a band of innocent sailors fulfilled their role by
accident.**

A skupina nevinných námořníků splnila svou roli náhodou.
After vigintillions of years great Cthulhu was loose again.
Po vigintilionech let se velký Cthulhu opět dostal na svobodu.
And now great Cthulhu was ravening for delight.
A nyní velký Cthulhu prahl po rozkoši.
Three men were swept up by the flabby claws before anybody turned.
Než se kdokoli otočil, ochablé drápy strhly tři muže.
God rest them, if there be any rest in the universe.
Bůh jim dej odpočinek, pokud je ve vesmíru nějaký odpočinek.
Let it be known that their names were Donovan, Guerrera and Angstrom.
Ať je známo, že se jmenovali Donovan, Guerrera a Angstrom.
Parker slipped as he was trying to make his escape.
Parker uklouzl, když se snažil utéct.
The other three were plunging frenziedly back to the boat.
Ostatní tři se zběsile vrhali zpět k lodi.
They ran over endless vistas of green-crusted rock.
Běželi přes nekonečné průhledy skal pokrytých zelenou krustou.
Johansen swears he was swallowed up by an angle of masonry.
Johansen přísahá, že ho pohltil úhel zdiva.
An angle which shouldn't have been there.
Úhel, který tam neměl být.
An angle which was acute, but behaved as if it were obtuse.
Úhel, který byl ostrý, ale choval se, jako by byl tupý.
Only Briden and Johansen made it back to the boat.
Zpátky na loď se dostali pouze Briden a Johansen.
The two men had a moment of good fortune.
Oba muži měli štěstí.
The mountainous monstrosity flopped down on the slimy stones.
Horská obluda se zhroutila na slizké kameny.
And the beast hesitated floundering at the edge of the water.
A bestie váhala a zmítavě se potácela na okraji vody.

The steam boat had not entirely run out of hot coals.

Parníku ještě úplně nedošlo žhavé uhlí.

Despite the departure of all men for the shore.

Navzdory odchodu všech mužů na břeh.

Feverishly the two men rushed up and down between wheels.

Oba muži horečně pobíhali nahoru a dolů mezi koly.

It was the work of only a few moments to get the engine going.

Nastartovat motor trvalo jen pár okamžiků.

Amidst the distorted horrors of that indescribable scene.

Uprostřed zkreslených hrůz té nepopsatelné scény.

Slowly their boat began to churn the lethal waters beneath her.

Jejich loďka začala pomalu vířit smrtící vody pod ní.

And they moved along the masonry of that charnel shore.

A pohybovali se po zdivu onoho pohřebiště.

That strange coastline that was not from this world.

To podivné pobřeží, které nebylo z tohoto světa.

***

The titan Thing from the stars slavered and gibbered.

Titánská Věc z hvězd slintala a blábolila.

Like Polypheme cursing the fleeing ship of Odysseus.

Jako Polyfém proklínajíc prchající loď Odyssea.

Then great Cthulhu slid greasily into the water.

Pak velký Cthulhu mazlavě sklouzl do vody.

Bolder and more daring than the storied Cyclops.

Odvážnější a troufalejší než legendární Kyklop.

Cthulhu pursued them through the water with cosmic movement.

Cthulhu je pronásledoval vodou kosmickým pohybem.

Briden looked back from the ship and started laughing shrilly.

Briden se z lodi ohlédl a začal se pronikavě smát.

From that moment Briden continued laughing at odd intervals.

Od té chvíle se Briden v neobvyklých intervalech nepřestával smát.

But Johansen had not given up yet.

Ale Johansen se ještě nevzdal.

He knew his ship had no chance of outpacing the thing.

Věděl, že jeho loď nemá šanci tu věc předběhnout.

So he resolved on taking a desperate chance.

Rozhodl se tedy zoufale riskovat.

He loaded the furnace and set the engine for full speed.

Naložil pec a nastavil motor na plné otáčky.

And then he ran lightning-like on deck and reversed the wheel.

A pak bleskově vběhl na palubu a otočil kormidlo.

There was a mighty eddying and foaming in the noisome brine.

V odporné slané vodě se mohutně vířilo a pěnilo.

The steam mounted higher and higher into the sky.

Pára stoupala výš a výš k nebi.

And the brave Norwegian reversed the course of the chase.

A statečný Nor obrátil průběh honičky.

Before him rose the unclean froth like the stern of a demon galleon.

Před ním se zvedala nečistá pěna jako záď démonické galeony.

He drove his vessel head on against the pursuing jelly.

Čelně narazil se svou lodí do pronásledující medúzy.

The awful squid-head came nearly up to the yacht's bowsprit.

Hrozná chobotnice sahala téměř k přídi jachty.

But Johansen drove on relentlessly against the writhing feelers.

Ale Johansen neúprosně pokračoval proti svíjejícím se tykadlům.

There was a bursting as of an exploding bladder.

Ozvalo se prasknutí, jako by explodoval měchýř.

There was a slushy nastiness as of a cloven sunfish.
Byla tam rozbředlá ošklivost, jako by z rozštěpené slunečnice
vycházela rozštěpená slunečnice.
There was a stench as of a thousand opened graves.
Byl tam zápach, jako by to byl tisíc otevřených hrobů.
And there was a sound the chronicler did not put on paper.
A byl tam zvuk, který kronikář nezapsal.
For an instant the ship was befouled by an acrid cloud.
Na okamžik loď zahalil štiplavý mrak.
The green cloud blinded Johansen and the mad man.
Zelený mrak oslepil Johansena i šílence.
And then there was only a venomous seething astern.
A pak už za zádí bylo jen jedovaté vření.
But God in heaven! What the two men saw next;
Ale Bůh na nebi! Co ti dva muži uviděli potom;
The scattered plasticity of that nameless sky-spawn.
Rozptýlená plasticita toho bezejmenného nebeského zplodiny.
The injured thing was nebulously recombining.
Zraněná věc se mlhavě znovu sbalovala.
Soon Cthulhu would be back in its hateful original form.
Cthulhu se brzy vrátí do své nenávistné původní podoby.
But their distance was widening with every second.
Ale jejich vzdálenost se s každou vteřinou zvětšovala.
The ship was gaining impetus from its mounting steam.
Loď nabírala na síle díky rostoucí páře.
And eventually the cursed city was over the horizon.
A nakonec se prokleté město objevilo za obzorem.

***

He did not try to navigate after their lucky escape.
Po jejich šťastném úniku se nepokusil navigovat.
His reaction had taken something out of his soul.
Jeho reakce mu něco vzala z duše.
He spent his time brooding over the idol in the cabin.
Trávil čas přemítáním nad idolem v chatě.
He looked after the laughing maniac in the boat.

Díval se za smějícím se maniakem v lodi.

And he attended to a few matters such as food.

A věnoval se i několika záležitostem, jako například jídlu.

Then came the storm of April 2nd.

Pak přišla bouře 2. dubna.

On that day clouds gathered over his consciousness.

Toho dne se nad jeho vědomím shromáždily mraky.

There is a sense of pure and refined delirium.

Je tam pocit čistého a rafinovaného deliria.

Spectral whirling through liquid gulfs of infinity.

Spektrální víření skrz tekuté propasti nekonečna.

Dizzying rides through reeling universes on a comet's tail.

Závratné jízdy vířícími vesmíry na ocasu komety.

Hysterical plunges from the pit to the moon.

Hysterické pády z jámy na Měsíc.

And he plunged back again from the moon to the pit.

A znovu se zřítil z měsíce zpět do propasti.

A cachinnating chorus of the distorted, hilarious elder gods.

Oslnivý sbor zkreslených, veselých starších bohů.

And the green bat-winged mocking imps of Tartarus.

A zelení netopýří křídla, posměšní skřítci z Tartaru.

Out of that dream came rescue; the ship Vigilant.

Z toho snu se vynořila záchrana; loď Vigilant.

The vice-admiralty court and the streets of Dunedin.

Viceadmirální soud a ulice Dunedinu.

The long voyage back home to the old house by the Egeberg.

Dlouhá cesta zpět domů ke starému domu u Egebergu.

He could not tell anyone of what he had seen.

Nemohl nikomu říct o tom, co viděl.

Had he told the truth they would have thought he had gone mad.

Kdyby řekl pravdu, mysleli by si, že se zbláznil.

So he secretly wrote of what he knew before death came.

Takže tajně psal o tom, co věděl, než přišla smrt.

"Death would be a boon if only it could blot out the memories."

„Smrt by byla požehnáním, kdyby jen mohla vymazat vzpomínky.“

That was the document Johansen left behind.

To byl dokument, který Johansen zanechal.

And now I have placed this document in the tin box.

A teď jsem tento dokument vložil do plechové krabice.

In the box is also the dream carved bas-relief.

V krabici je také vyřezávaný basreliéf ze snů.

And I have included the papers of Professor Angell.

A zahrnul jsem i dokumenty profesora Angella.

With this box shall go this record of mine.

S touto krabicí půjde i tento můj záznam.

These notes have become a test of my own sanity.

Tyto poznámky se staly zkouškou mého vlastního zdravého rozumu.

But I hope my discoveries are never be pieced together again.

Ale doufám, že mé objevy už nikdy nebudou dány dohromady.

I have looked upon all that the universe has to hold of horror.

Prohlédl jsem si všechny hrůzy, které vesmír ukrývá.

But now even the skies of spring are darkness to me.

Ale teď je pro mě i jarní obloha temnotou.

Even the flowers of summer are forever poison to me.

I letní květiny jsou pro mě navždy jedem.

But I do not think my life will be long.

Ale nemyslím si, že můj život bude dlouhý.

As my uncle went, so shall my end come.

Jak odešel můj strýc, tak přijde i můj konec.

As poor Johansen went, so shall my time come.

Jak odešel chudák Johansen, tak přijde i můj čas.

I know too much, and the cult still lives.

Vím toho příliš mnoho a kult stále žije.

Cthulhu still lives, too, I can only suppose.

Můžu se jen domnívat, že Cthulhu taky stále žije.

I assume Cthulhu is again in that chasm of stone.

Předpokládám, že Cthulhu je zase v té kamenné propasti.

The city which has shielded him since the sun was young.

Město, které ho chránilo od útlého slunce.

I know his accursed city is sunken once more.

Vím, že jeho prokleté město je opět potopené.

The crew of the Vigilant sailed over the spot after the April storm.

Posádka lodi Vigilant přeplula nad tímto místem po dubnové bouři.

But his ministers on earth still worship his return.

Ale jeho pozemští služebníci stále uctívají jeho návrat.

In lonely places they congregate around their idol.

Na opuštěných místech se shromažďují kolem svého idola.

And they bellow and prance and slay in satanic ritual.

A řvou, poskakují a zabíjejí v satanském rituálu.

He must have been trapped by the sinking of his black abyss.

Musel být uvězněn potápějící se černou propastí.

Or else the world would by now be screaming with fright and frenzy.

Jinak by svět teď křičel hrůzou a šílenstvím.

Who knows how the end will come about?

Kdo ví, jak dopadne konec?

What has risen may sink, and what has sunk may rise.

Co se vynořilo, může klesnout, a co kleslo, může vystoupit.

Loathsomeness waits and dreams in the deep.

Hnus čeká a sní v hlubinách.

And decay spreads over the tottering cities of men.

A rozklad se šíří po chátrajících městech lidí.

A time will come where that city rises out the sea again.

Přijde čas, kdy se to město znovu vynoří z moře.

But I must not think about when that day will come!

Ale nesmím přemýšlet o tom, kdy ten den přijde!

I have one prayer if this manuscript outlives me.

Mám jednu modlitbu, pokud mě tento rukopis přežije.

I pray my executors put caution before audacity.

Modlím se, aby moji vykonavatelé dali přednost opatrnosti před troufalostí.

I pray this manuscript meets no other eyes.

Modlím se, aby se tento rukopis nesetkal s nikým jiným.

***

Found among the papers of the late Francis Wayland Thurston, of Boston.

Nalezeno mezi dokumenty zesnulého Francise Waylanda Thurstona z Bostonu.

www.ingramcontent.com/pod-product-compliance
Lightning Source LLC
Chambersburg PA
CBHW010441170726
48283CB00011B/3310